U0535655

张蔚然 著

你有风情，亦有风骨

江苏凤凰文艺出版社

图书在版编目（CIP）数据

你有风情，亦有风骨 / 张蔚然著 . —— 南京：江苏凤凰文艺出版社, 2020.6
ISBN 978-7-5594-4201-7

Ⅰ.①你… Ⅱ.①张… Ⅲ.①散文集 – 中国 – 当代Ⅳ.①I267

中国版本图书馆 CIP 数据核字（2019）第 254074 号

你有风情，亦有风骨

张蔚然 著

责任编辑	白 涵 刘洲原
特约编辑	李 琴
装帧设计	嫁衣工舍
责任印制	刘 巍
出版发行	江苏凤凰文艺出版社
	南京市中央路 165 号，邮编：210009
网 址	http://www.jswenyi.com
印 刷	北京中科印刷有限公司
开 本	880 毫米 × 1230 毫米 1/32
印 张	8
字 数	186 千字
版 次	2020 年 6 月第 1 版 2020 年 6 月第 1 次印刷
书 号	ISBN 978 - 7 - 5594 - 4201 - 7
定 价	45.00 元

江苏凤凰文艺版图书凡印刷、装订错误可随时向承印厂调换

愿她们的人生历程，成为你我的指路明灯

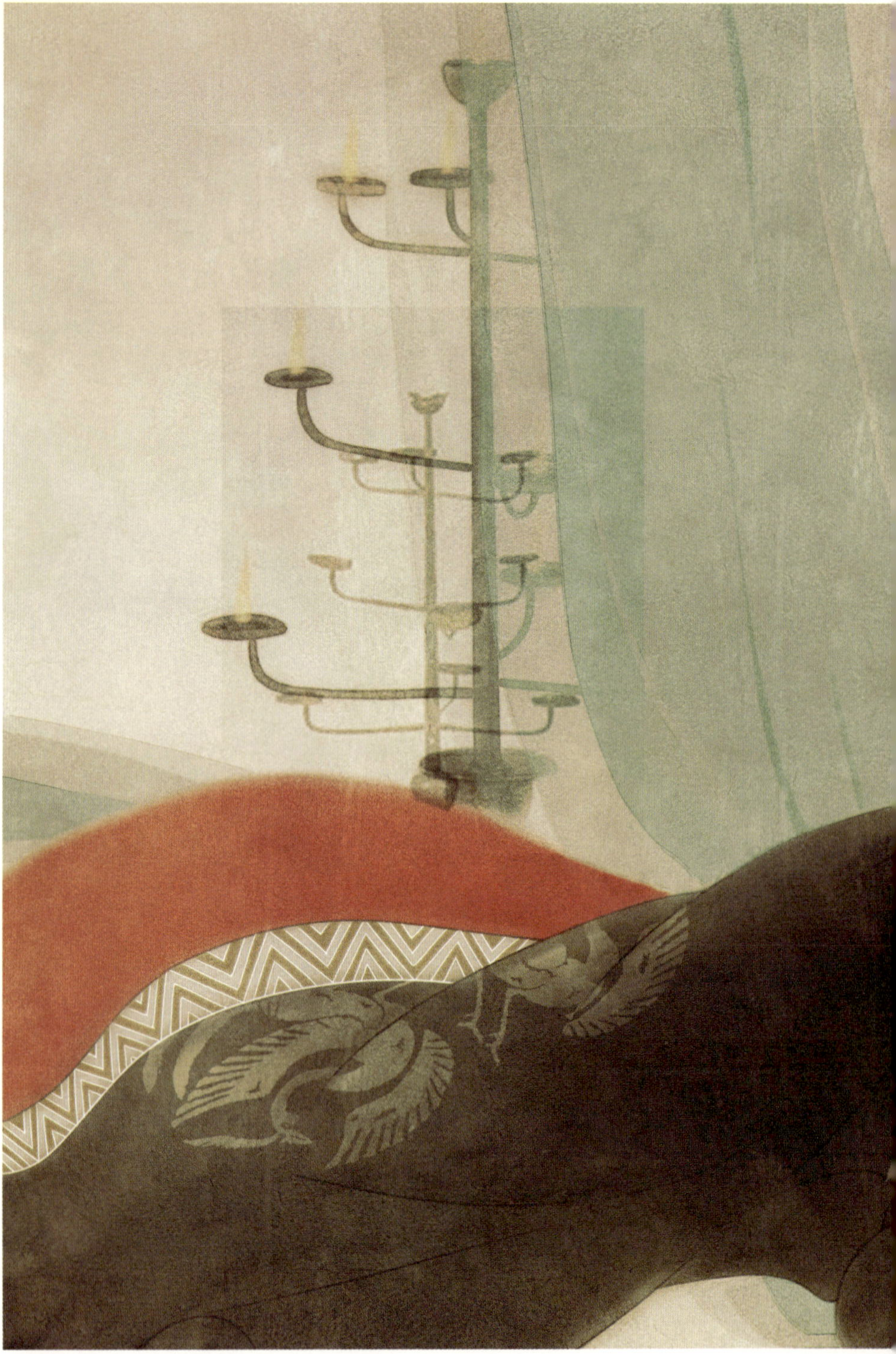

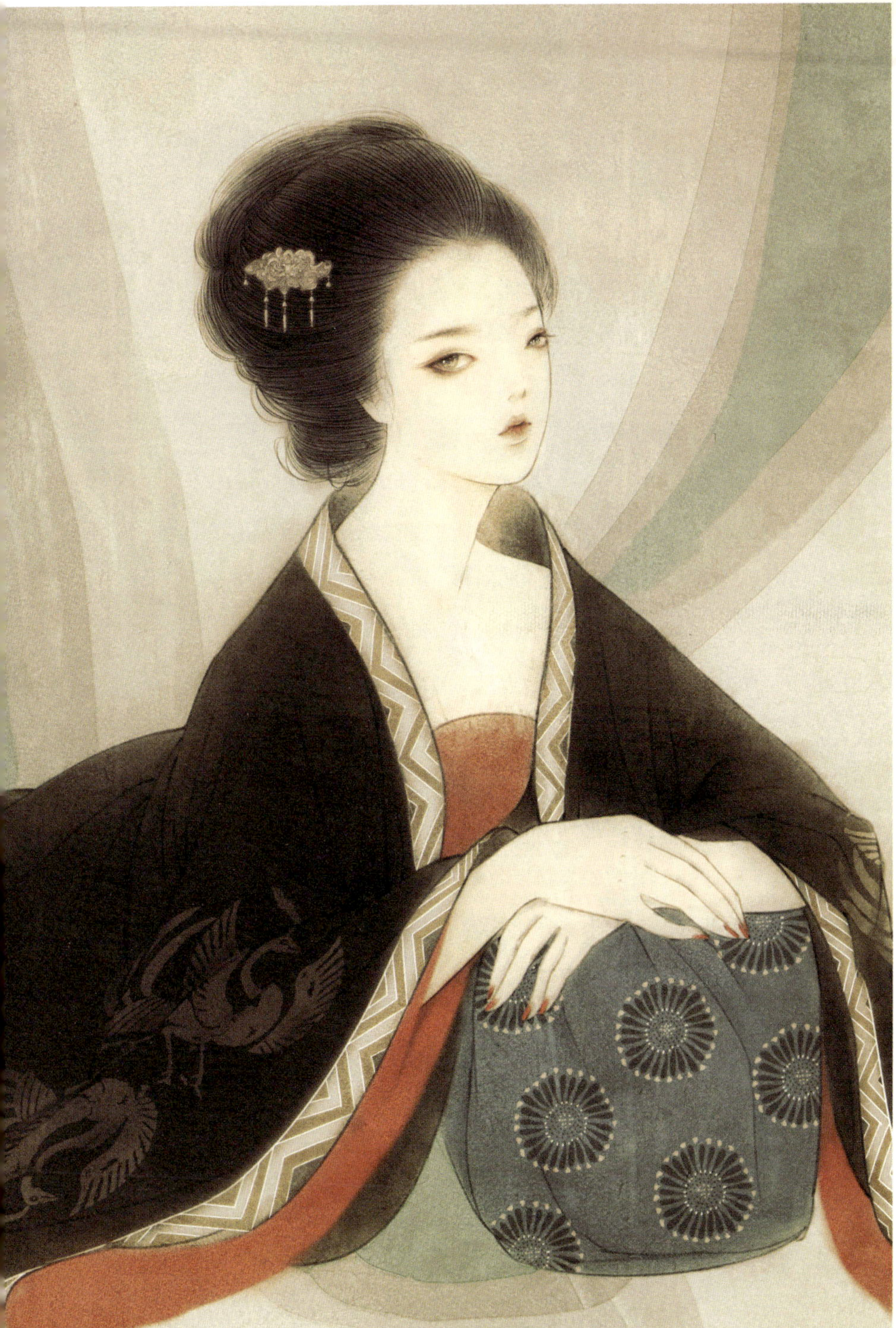

目录

1. 妇好：完美的婚姻，是相互成就 / 001
2. 薄姬：到了高处才知道孤独 / 005
3. 卓文君：既然选了，就义无反顾 / 010
4. 栗姬：有情商的女人才好命 / 016
5. 许平君：男人最感激的，是陪他吃过苦的女人 / 023
6. 阴丽华：所谓相夫教子，其实就是做好自己 / 030
7. 郭圣通：当男人不爱你的时候，你做什么都是错 / 035
8. 丁夫人：生活哪有什么假如 / 041
9. 甄宓：不必讨好善妒的人 / 047
10. 郭槐：你的气场，来自你的修养 / 054
11. 杨艳：爱他，何不放了他 / 059
12. 贾南风：想知道婚后她会变成什么样？请看丈母娘 / 064
13. 羊献容：世间最珍贵的，是那个能给你安全感的人 / 070
14. 李贵人：一个不能保护你的男人，怎能托付终身？ / 075
15. 冯太后：内心强大，方得天下 / 082
16. 冯润：如果岁月可回头 / 089
17. 赵充华：假如有一个人认真了 / 101
18. 高照容：父母相爱，是孩子最幸福的事 / 106
19. 吴景晖：你怎么可能从孩子那里找到幸福？ / 112
20. 娄昭君：孩子都教不好，还说什么成功 / 118

21. 李祖娥：只有漂亮是不够的 / 125

22. 阿史那：没有爱情的婚姻，不会幸福 / 132

23. 徐昭佩：用爱的方式去表达爱，是必须修炼的能力 / 138

24. 独孤伽罗：童话里都是骗人的 / 148

25. 云昭训：得不到对方父母认可的婚姻，很难幸福 / 153

26. 吴夫人：每一段关系，都需要用心经营 / 159

27. 大周后：人生没有什么是理所应当的 / 164

28. 刘娥：不断提升自己，是你最好的利器 / 170

29. 李宸妃：下辈子，无论爱与不爱，都不会再见 / 176

30. 李清照：给女子最好的礼物，是心灵的富养 / 182

31. 曹皇后：太过完美的女人，不一定招人爱 / 188

32. 没藏黑云：当你在算计别人的时候，别人也在算计你 / 193

33. 梁太后：别为了名利，迷失自己 / 199

34. 万贞儿：不要小看那一段童年阴影 / 204

35. 张皇后：将来的你，会感谢现在宽厚的自己 / 214

36. 李太后：对孩子的管教，应该张弛有度 / 221

37. 郑贵妃：如果你能让他感到不孤独 / 226

38. 刘太后：每个孩子，都曾无条件地爱过父母 / 234

39. 周皇后：珍惜现在，珍惜时光 / 238

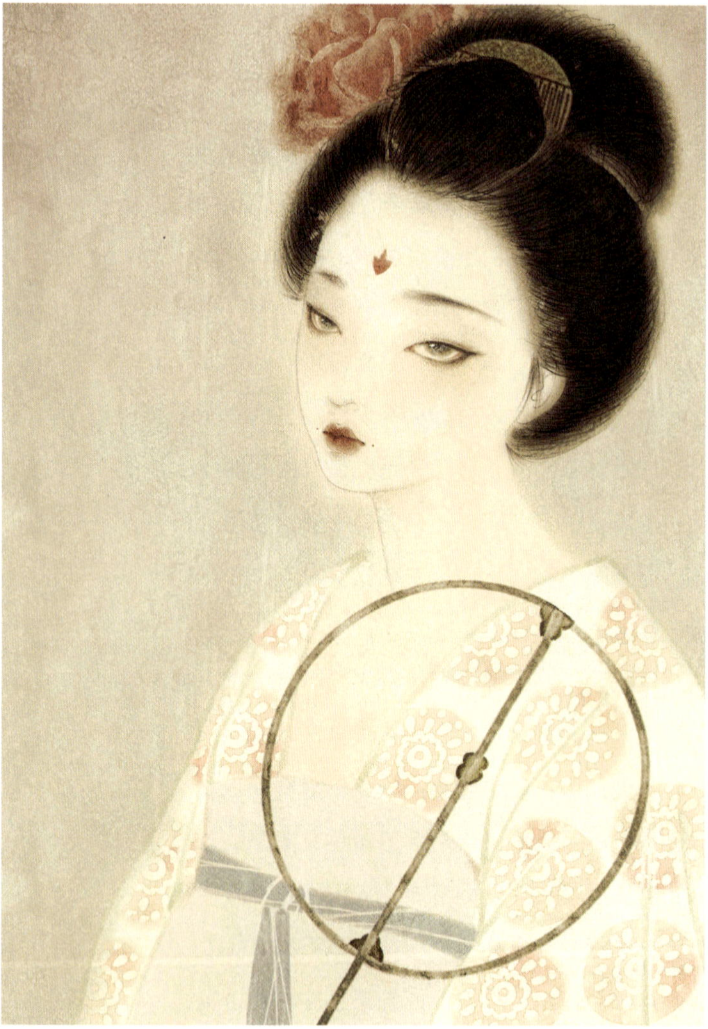

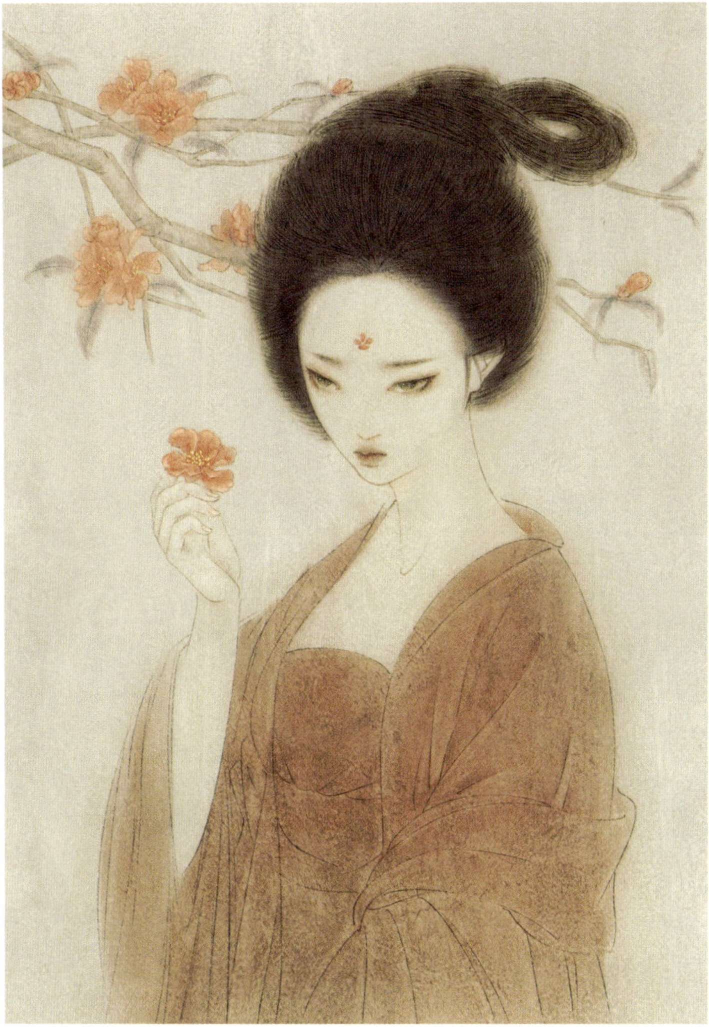

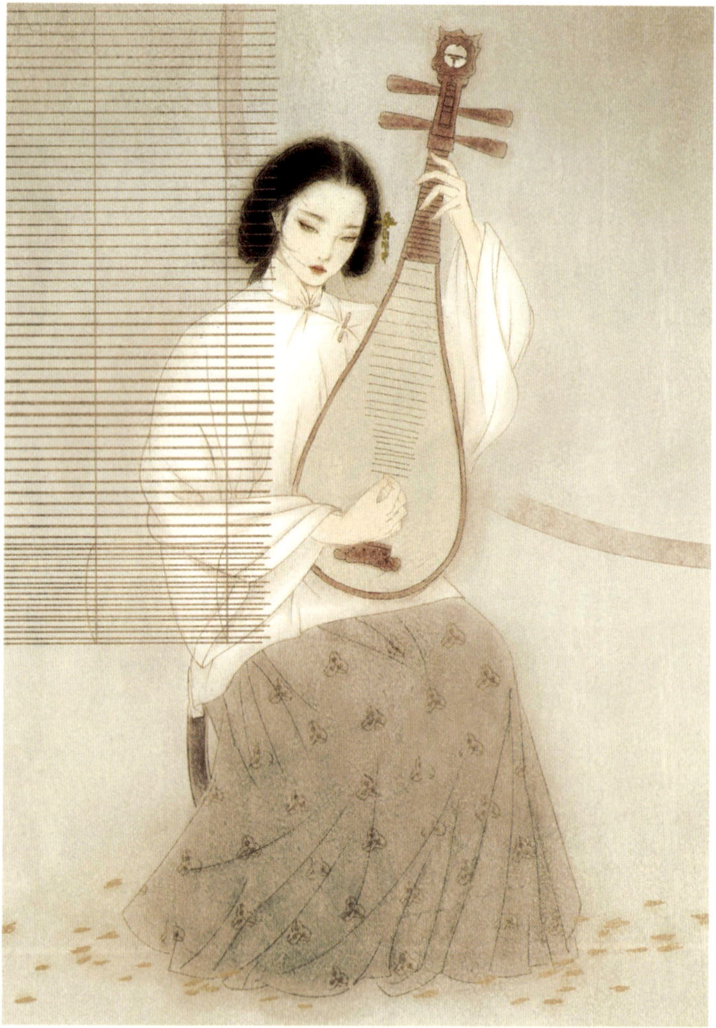

序言

且以优雅过一生

浅坐，静听，等一朵花开的时光。

流转的年华，如春日潭水，微波潋滟不知归处，像极了旧时光里的女子。

聪慧如吴夫人，不会说漂亮话的夫君为她写下了最动人的情话——陌上花开，可缓缓归矣。

决绝如丁夫人，曹操偷腥害死儿子，她果断和离，让曹操心心念念了一生。

恣意如冯太后，不爱自己的男人走了，哭完一场便开始新生活，事业风生水起。

孤独如阿史那，宇文邕坚定等了她八年，无比尊敬，却不亲昵。他们互相欣赏，但永不能靠近，注定是最熟悉的陌生人。

……

翻开老旧的史书，却发现很多故事和今天并无二致，那些挣扎、错过，还在一幕幕上演。

如果你读完这些故事，反思了一些，学会了一些，明白了一些，这本书便有了价值，毕竟所有的故事都指向一个主题，且行且珍惜。

风乍起，枯黄的树叶应声而落，踩上去簌簌作响，下一个天亮，又会是一路春光一路繁花。

愿你，在这不安的世界里，优雅前行，于这跌宕的人生中，从容淡定。

1. 妇好：完美的婚姻，是相互成就

（妇好，商王武丁的妻子，中国第一位女性军事统帅。）

妇好是商王武丁的王后，历史上有据可查的第一位女将军。

"妇"是指嫁到王室的异性女子，"好"读音同"子"，说明她出生于子氏，她的庙号是辛，所以，出土的文物上，她又叫好、后妇好、母辛、后母辛、司母辛、母辛。

武丁是商朝第二十三代君王，他在位的时代被称为"武丁中兴"，商朝达到全盛，版图扩大了数倍。

这些耀眼的成绩背后，妇好功不可没，她是武丁手下最优秀的将军。某年，北方边境战事胶着，妇好主动请缨，武丁很犹豫，反复占卜，卦象大吉后，才同意。没想到大获全胜，武丁这才发现，原来她是难得的帅才。从此以后，妇好南征北讨，二十几个小国相继被歼灭，土方、南夷国、南巴方、羌方、鬼方……

甲骨文记载的商朝最大一次战役，妇好是总指挥，武丁最得意的战将都归她调遣，"辛巳卜，登妇好三千，登旅万，呼伐羌"。

这一场战役，羌方惨败，解决了大商西面的边境忧患。

妇好还是一名学识渊博的祭司，整治甲骨，诵读祭文，刻写文字，主持了许多场重大祭祀。一年，大商瘟疫流行，妇好便受命杀活人血祭。那个年代，占卜盛行，几乎所有大事都要先占卜，祭司沟通人间与鬼神，地位很尊贵。

"国之大事，在祀与戎"，妇好都做得这么好，武丁越来越离不开她了。武丁分封功臣，妇好也有份，她有自己的封地，两人大多时候不住在一起，不过，还是经常见面，所以，孩子还是一个接一个地生。妇好很忙，要管理封地，带兵打仗，还要会见武丁其他后妃，慰问老人，奴隶逃走了也要去抓，"贞：呼妇好执"。

殷墟遗址出土的甲骨上，妇好经常被提起，安阳甲骨穴中的一万余片上，她出现了两百多次。

妇好这么能干，武丁怎么能不喜欢？他那庞大的基业，需要有人帮忙打理，相比于外面找人，交给妻子当然方便又安心。夫妻店开了那么多年，他们早已是同盟，共同的利益，发自内心的欣赏，让他们的感情固若金汤。

总觉得，这才是婚姻最坚实的根基，婚姻就是两个人结成同盟，好好经营，把日子过得有滋有味。

可是，如果妇好没那么能干，武丁还会喜欢她吗？

总有妹子纠结这问题，就像漂亮的女孩问男孩，你究竟爱我的容貌，还是我这个人？真的很难回答，漂亮和你怎么分得开！

应该说，武丁爱妇好，包括她的能干，至于占多少分量，至于妇好如何通过一次次胜利抓牢男人的心，谁知道呢？反正感情是真的。

妇好三十来岁去世，可能因为难产，"妇好娩嘉？""三旬又一日甲寅娩，不嘉"。也可能因为战场上受了伤，"出贞……王……于母辛……百宰……血"。

武丁很伤心，把妇好葬在宫殿旁，这样就能随时看到了，武丁的眼里心里全是她，后来许多年，但凡国有大事，总要占卜问问她的意见。

妇好的形象太光辉了，怎么追都赶不上，这让有气性的女人怎么活？新王后受不了冷落，郁郁死去。

武丁还总是叫来卜者，问妇好在另一个世界过得怎么样。

武丁：妇好有娶乎？

贞人：唯祖甲娶。

武丁：妇好有娶乎？

贞人：唯祖乙娶。

武丁：妇好有娶乎？

贞人：唯成汤娶。

祖甲、祖乙、成汤是三位先王，武丁怕妇好在地下孤单，托三位先王照看她。

一位知名的心理学者说，站在人性立场上，婚姻应该具备三个基本功能，互利、分享、并存，实现这三个功能比爱情对婚姻的维系力还要大。

我们总渴望爱情不掺杂现实利益，最好是在彼此一无所有时看对眼，好像那样的感情最纯粹，彼此才是真爱。其实，婚姻中，爱情与现实原本就不对立，搭伙过日子，描述虽简单，却直指要害，可不就是那回事。

还有一种论调，很傻很天真，真爱应该无条件爱你，即使你胖了丑了,脾气变坏,一无所长,还是爱。

你已经面目全非,还是他当初爱的人吗?如果这样,他能爱的也太多了。

别对自己说这些话,安慰多了,会迷失的,努力开始得晚,至多大器晚成,放弃自己却是一条不归路。

煮字为药:

你图他什么,他能图你什么,这两个问题应该搬上台面,坦然思考,然后,查漏补缺,努力修炼成为一个好女子。

我如果爱你,必须是你近旁的一株木棉,作为树的形象和你站在一起。舒婷描写的伟大爱情,很让人向往,不愿像攀援的凌霄花、痴情的鸟儿,也不做你的阳光、雨露。

那么现实来了,你要站在近旁,你首先也得是棵树。

2. 薄姬：到了高处才知道孤独

（薄姬，汉高祖刘邦的嫔妃。儿子刘恒即位后，尊为皇太后。）

魏假，也叫姬假，姬是姓，魏是氏，那个年代，姓和氏分得很清，不像几十年后，统一姓了魏。魏假投降，魏国灭亡，王室子弟流落民间，他的两个兄弟魏豹和魏咎隐姓埋名在乡下种地，另一位皇室远亲，史书上叫魏媪，跟一个南方人私通，生了一儿一女，不知道男人后来有没有给她名分，反正两个孩子都跟她姓薄。

秦始皇死后，胡亥登基，陈胜、吴广大泽乡起义，魏豹兄弟趁机逃回旧地，笼络了一帮人，自称魏王。

局势动荡让薄姬的母亲魏媪心旌摇荡，她感觉荣华富贵又要来了，便打点关系，把女儿送给魏王。

魏媪还喜滋滋地告诉女婿："我女儿可是天子之母，许负看了她的面相，说肯定能生出皇帝。"

许负可是当时的名巫，写了著名的《德器歌》《五官杂论》《听声相行》，在巫术相面史上，有划时代的意义。

小军阀魏豹顿时想入非非，躁动不安，小妾生皇帝，他不就是皇帝的爹嘛，魏豹决定甩掉刘邦单干，便号称探亲，带了精兵一去不回。刘邦派人去劝，他随便找个借口就打发了："人生一世，如白驹过隙，汉王动不动就骂人，我是不会再跟他混了。"

刘邦派了十万大军，把安邑城围成铁桶，魏豹只好投降，刘邦表示自己宽宏大量，既往不咎。可是，两年后，他的同事忽然说他是"反国之臣"，没办法一起共事。

魏豹被杀了，连皇帝影子还没看到。

薄姬对于当个寻常人兴趣缺乏，她锲而不舍地寻找机会实现富贵梦想，眼下争取的对象是刘邦。

魏豹的女人们被安插在掖庭、杂役坊这些边缘部门，做些洗洗涮涮的活。过了一段时间，刘邦嫌自己的后宫规模不够大，过来选人，薄姬被选中，旋即又被遗忘，很久很久。刘邦对她实在没什么印象，无可无不可地选了她，反正多一个不多。

前途是光明的，但是道路很曲折，如果不是阴错阳差发生了一件事，让刘邦刹那间同情心发作，薄姬也许永远生不出天子。

还是魏豹小妾时，薄姬和管夫人、赵子儿很要好，被俘入宫后，三人相约苟富贵、勿相忘，谁先得到临幸，一定要记得提携姐妹。不过，这俩人被刘邦临幸后，便说话不算数了，不仅不算数，还嘲笑薄姬。

说好的生天子呢？

赶紧的呀，哎，皇上在这儿呢。赵子儿朝刘邦撇撇嘴。

别别别，还是你说吧。管夫人轻声偷偷道，两人颇有深意地对视几秒，放声大笑。

刘邦觉得以上说笑信息量很大，便从假寐中醒来。

弄清事情来龙去脉后，刘邦想到了曾经的苦日子，忽然无比同情薄姬，决定给她个机会陪自己睡觉。薄姬的肚子很争气，春宵一夜，怀孕了，还生了个男孩，取名刘恒，然后，被彻底抛到脑后。刘邦正和戚夫人唱歌跳舞陶冶情操呢，顺便想想怎么把吕后的儿子从太子位置上拉下来。

又过了几年，刘邦死了，他的大老婆当家，吕后可逮着机会好好收拾戚夫人了，她把情敌砍断手脚，剜去眼珠，捣烂耳朵，喂了哑药，喜滋滋拉上儿子去厕所观看人彘，吓得亲儿子在病床上足足躺了一年，告诉她，这不是人做的事，"臣为太后子，终不能治天下"。

像薄姬这样受尽冷落的女人，连情敌都同情，吕后把她送去儿子的封地，母子团圆。

薄姬便和弟弟薄昭去了代地。

刘恒是代王，代地在边塞，经济落后，不是什么美差，父亲不宠他们母子，刘恒也不多想。

汉惠帝不愿管事，吕后正好放开了手脚去做，"非刘氏而王，天下共击之"，老公说过的话算什么，娘家兄弟子侄照样封王封侯，老公的其他儿子，谁不满就杀了谁。

十六年后，吕后去世，死前告诉侄子，大臣可能兵变，千万不要出宫为她送葬。

大臣早等得不耐烦了，只等她一闭眼就宣布变天。周勃让支持刘氏的露左臂，支持吕氏的露右臂。

几乎都"左袒"。

吕氏被杀尽。

刘恒安静地在边塞当代王，薄姬是王太后，母慈子孝，其乐融融。

把诸吕拉下马后，大臣细算才发现，刘邦的儿子只剩下默默无闻的刘恒。若论资历，皇位应该给齐王刘襄，他是嫡长孙，在剿灭诸吕中功劳最大，可是，他母亲娘家很有实力，吕后的阴影那么大，万一外戚再乱政，大臣实在是怕了，而薄姬看着就是本本分分的家庭妇女。

原本准备在边塞平平淡淡过完一生的，刘恒不敢相信有这样的大馅饼，派舅舅薄昭去打前哨，一帮老臣指天发誓，刘恒才忐忑地来长安当他的汉文帝。

生天子的梦想，终于一波三折地实现了。

薄姬成了薄太后，天下最尊贵的人，努力追求的终于得到，薄太后才发现，高处不只有风光，还有寒冷。

汉文帝十年，薄昭杀了使者，犯下死罪，刘恒非要他死，先去劝舅舅自杀，然后，又派人披麻戴孝去他家送活丧。

薄太后都不敢求儿子饶了他这一回，那可是她唯一的弟弟，相依为命了许多年，儿要当好皇帝，儿要王子犯法与庶民同罪，她能说什么？

这一生阴错阳差，幸还是不幸，薄太后大概说不出，她成功了，却不圆满，可能所有站在权力顶端的女人，总要经历高处不胜寒的孤独。

煮字为药：

高处不胜寒，这句话不是矫情，是事实。

女人嫁得好了、职位高了，自然就需要面对四面八方的危机。说嫉妒也好，说羡慕也罢，反正总有一群人虎视眈眈地想拉你下马，看好戏、取而代之、证明自己……各种心态都有。

所以，你既然选择了高位，就得让自己拥有站在那个位置的资格和能力。

别像薄太后那般，被动而无助，要不断提升自己。

3. 卓文君：既然选了，就义无反顾

（卓文君，西汉才女，与汉代著名文人司马相如演绎了一段爱情佳话。）

司马相如平素与临邛县令王吉的交情较好，他回到老家四川后，受邀住进了临邛县城郭下的一座小亭中，临邛县令每天都去拜见，这个司马相如开始还接见他，后来竟闭门谢客，只派使者回话。

临邛豪富卓王孙心想，这肯定是个了不得的大人物，于是他和朋友商量，得设宴招待招待这个人，顺便和县令拉拢感情。临邛小地方，又都是有头有脸的人，抬头不见低头见。

宴会在卓家大宅院举行，当天，宾客云集，高朋满座，光卓家的客人就来了百余人，县令踩着点到，然而，中午已过，神秘贵客还未现身。卓王孙赶紧派人去请，对方却道歉，说身子不爽，不去赴宴，好意心领了。这……好吧，不来算啦。可是，贵客不来，县令不敢下箸，竟然亲自去迎。

司马相如盛情难却，只得前来，结果"一坐尽倾"，满座客人为之倾倒，该怎么形容他呢？长身玉立，风度翩翩，他一笑，天上的星星都亮了，真的是鹤立鸡群。

酒过三巡，气氛正好，县令不由分说搬来一张琴，"鄙人私下听说，长卿弹琴特别好，可否来一段？"

司马相如礼貌拒绝，表示自己琴艺普通，就不献丑了。哪想到众人一再邀请，态度特别好。他推脱不过，便拨弄了一两首曲子。结果琴曲一出，"如听万壑松，馀响入霜钟，行云流水似天籁之声"，临邛富豪有没有听懂不知道，反正卓王孙新守寡爱好音乐的女儿卓文君懂了。

很久以前，寡的意思是有过丈夫又失去，不管逝去，还是休离，含义比较丰富，总之，卓文君当时单身。

当初，司马相如刚来临邛便引起轰动，高头大马上的男子，从容优雅，举止得体，今日一见，较往日更胜三分。卓文君站在窗后，偷看男子抚琴，白衣胜雪，手指纤长，看着看着就自卑起来，嫁人就要嫁这样的男人，可是，唉，自己怎么配得上！

男子话很少，多数时候是听众，偶尔温润一笑，但静静坐着也掩不住他的光辉，跟他一比，阿爹就是巧舌如簧，聒噪得很。

卓王孙不知，这场宴席，贵客已经等了多日，他精心策划，有备而来，目标就是他的女儿，"相如缪与令相重，而以琴心挑之"，他与县令故意相互抬举，弹琴挑逗猎物，司马迁在《史记》中说，"挑"字猥琐而鲜活。

宴席结束，卓文君做梦都没想到，贴身侍女满面红光跑来，说男子爱慕小姐已久，非她不娶，可又娶不起。

只要郎有情，其他都不是事，当晚，文君夜奔去了司马相如家，男子激动得话都说不利索，愈发笨拙得可爱，真正动了感情才会这般紧张吧。两人当即快马加鞭赶去成都，在卓王孙的地盘上，他们翻腾不出什么。

一夜之间，女儿被他的贵客勾走了，三媒六聘啥都没有，听一支曲子就跟人跑了！卓王孙被推到十分尴尬的境地，气得大骂："女至不材，我不忍杀，不分一钱也。"女儿太不像话，我虽不忍心杀她，但一个子也不会给，任旁人怎么劝都不听。

这厢卓文君和司马相如策马奔腾，到了成都才发现，鲜衣怒马的少年家里穷得只剩四面墙，倒抽一口冷气。司马相如一言不发，人又没说自家有钱，穿好吃好就一定富裕吗？想多了，再说你自己跑来的，他又没捆你手脚。

卓文君只好先这么着。家是回不去了，就算爹娘接受，别人也会笑她私奔没奔到好男人，少安毋躁，等过一阵，阿爹接受，自然会施与钱财。

等啊等，始终没等来父亲的软话，卓文君不开心，她要想办法解开困局。西汉讲究孝道，夜奔一事，父亲本可以杀她了事，但她吃定了她老子不会。

"我说咱们这是何苦，你跟我回去，就是找兄弟拆借，都能活得好好的。"

"这、那个——"司马相如结巴又犯了，现在卓文君知道，先前夫君为何深沉，扬长避短而已。

"没有我阿爹日子怎么过啊，就这么定了，你听我指挥。"

卓文君阿爹多有钱呢？司马迁在《货殖列传》里列出的当时富豪，第一个就是卓王孙。

卓文君拍板，司马相如于是跟着她回到丈人眼皮底下，反正生米已经煮成熟饭。

两人刚回临邛，就变卖车马首饰，盘下一处酒馆当街叫卖，女的大声吆喝，男的穿着短裤衩洗酒瓶。哪儿卖酒不是卖，偏到临邛，卓王孙脸都丢尽了，整日躲在家里。远亲近友一拨拨来劝，算了，你一儿两女，又不缺钱，文君已经委身于他，这是事实，谁都改变不了，那人穷是穷了点，也算个人才，给点钱正经嫁出去算啦。

　　卓王孙恨得牙痒痒，可人家说的没错，形势逼人，僵持下去，丢人的不还是他！

　　"卓王孙不得已，分予文君僮百人，钱百万，及其嫁时衣被财物"，没办法，除了女儿出嫁应当准备的衣被财物，卓王孙还给女儿家仆百人，钱百万，如此这般，两人才走，回到成都买田买宅，成为富人。

　　几年后，汉武帝刘彻读到一篇文章《子虚赋》，喟然长叹："写得真好，太好了，可惜，朕与此人恨不生同时！"

　　侍从闻言："陛下，这人是小的老乡司马相如，就是当朝人哪。"

司马相如名满天下,被称为"辞宗""赋圣",人称"文章西汉两司马",西汉写文最好的是司马相如、司马迁。司马迁在《史记》里专门为他写了一篇列传,并在竹简上一字字抄录《子虚赋》《上林赋》《喻巴蜀檄》等八篇赋,"长篇累牍,不厌其烦"。

司马相如还是皇帝身边的红人,被任命为中郎将,出使西南夷。经过蜀地时,太守相迎于道,县令负箭在前方开路,声势极浩大,卓王孙扬眉吐气,多少人找他打点关系只为见相如一面,心满意足之后,又给了女婿一大笔钱,跟儿子差不多。文君夜奔多年终于被亲人认可。

司马相如有钱,但身体不是很好,有"消渴疾",官当得有一搭没一搭,甚是逍遥。

除了轰轰烈烈的开始,正史关于他们的婚后状态,描写很少,民间倒有说法,司马相如发达后想纳妾,便修书一封"一二三四五六七八九十百千万",独无"亿",无忆,往事不要再提。卓文君伤心欲绝,赠诗《白头吟》,我想要的生活是"愿得一心人,白首不相离"。司马相如幡然醒悟,与妻子归隐林泉,做起神仙眷侣。"闻君有两意,故来相决绝",你有二心,所以我来告别,是卓文君的风格,但文章是否她所作,却经不住推敲。

公元前118年,司马相如病休在家,皇帝知道他病得厉害,担心文章失传,便让侍从去取,侍从到时,人已死,家中无书。

"长卿本来就没有书,他每每写好,别人就取走,不过,他死前倒是新写一卷,说如有使者来,就交出,其他就真没了。"

他妻子说。

他妻子？卓文君三年前已逝，原来已经续弦了。

煮字为药：

蓦然回首，卓文君会如何评价这一段婚姻？是自己有幸遇此良人？还是因为父亲才遇到司马相如？后者分量会重许多吧，父亲豪富，而且爱她。

有人替卓文君觉得不值，毕竟她为了爱情，放弃了一切。

遇见你时，我什么都有，遇见你后，我们一无所有。

听着，是挺悲剧的。

但想来，卓文君那般泼辣女子，不会在乎后人眼中，自己的爱情是否美丽。找到自己喜欢的人，就义无反顾地坚持下去，在一天天的相处中，让彼此都成为更优秀的人，这才是最好的女子的完满人生。

4. 栗姬：有情商的女人才好命

（栗姬，汉景帝刘启的妃妾，因心胸狭窄连累儿子刘荣成为废太子。）

人生若只如初见，该多好。

穿朱红色衣裳的女子，水袖一甩，翩若惊鸿，矫若游龙，所到之处，像是点燃了大片大片的桃花，灼灼的叫人心惊。走近刘启，女子抬起眼帘望向他，笑意盈盈，旁若无人，一瞬间，刘启心情好透了，他想到了那首诗："出其东门，有女如云，虽则如云，匪我思存。"

刘启不是宽厚的男子，祖母硬塞的女人，他视若无睹，一辈子没正眼瞧过。但是，在这个明媚如花的女子面前，他不是太子，只是普通男人，想着法子讨她欢喜。

栗姬不仅人美，肚子也很争气，一口气生了三个儿子：刘荣、刘德、刘阏。

公元前153年，刘荣被立为太子，栗姬成了太子母，虽然被冷落已有些日子，不过，以她的起点，已经算登上事业的顶峰了。

招之即来，挥之即去。后宫的女人原本就该这样，纵然被无视忽略，也应该楚楚可怜，所谓哀而不怨。

栗姬很久以后才明白这个道理，她有什么资格怨呢？没有刘启，她就是一卖唱的，什么都是他给的，自然可以随时收回，而她，只能战战兢兢听天由命，两人完全不对等，他有资本一对多。

难怪刘启骂她不知好歹，没有大小王夫人那般温柔体贴。

大小王夫人是姐妹俩，她们的母亲臧儿出生没落的贵族家庭，胸怀鸿鹄大志，以重振家业为己任，在她的调教下，两个女儿职业化程度很高。

姐姐王娡被相士断定是下一任国母时，已经结婚生女，丈夫金王孙是农民，看来所托非人，母女二人的心躁动得一发而不可收，于是，里应外合，王娡抛夫弃女，从金家出逃。臧儿又求爷爷告奶奶地隐瞒婚史，把她送进太子府。

既然是奔着当国母去的，小情小爱就不重要了，这一点，跟栗姬比，王娡自然站得更高。

刚站稳脚跟，王娡便大夸特夸妹妹如何倾国倾城，把王儿姁也弄进太子府，两人经常交流经验教训，怎样抓牢刘启云云，各生了四个孩子。

加上不省心的大姑子送来的那些美女，栗姬过得甚是空虚寂寞冷，对刘启便愈发话难听、脸难看。栗姬怨气冲天时，王夫人则温柔得跟水一样，又一次发现自己怀孕后，躺在刘启怀里，王娡娇滴滴地道："昨晚，人家梦见太阳滚入腹中，躲都躲不掉呢。"

当年，汉文帝去世，刘启即位，即汉景帝，七月，王娡生下皇十子刘彻。

虽然王娡正得宠，又有梦日入怀的吉兆，刘荣的长子优势依然很牢靠，四年后，他被立为太子。

刘荣成了西汉王朝最知名的单身汉，盯上他的人排了几条街。

长公主刘嫖更是亲自上门，推销女儿陈阿娇。

憋了许久的恶气，终于有机会出了，栗姬一口回绝，顿觉神清气爽，但还没高兴几天，那厢经过金屋藏娇，已经找到了新亲家。

这时刘启忽然来了，神情颇为疲惫。栗姬很开心，并不知道他的复杂心境。

刘嫖把栗姬说得一无是处，智商情商双低，人品还坏，竟然行巫蛊咒别人，可她是他第一次爱上的女人，刘启不敢相信，还想再给栗姬一次机会。

景帝尝谓诸姬子，曰："吾百岁后，善视之。"

刘启对栗姬说，我死以后，诸位姬妾、皇子，望你好生相待。言下之意，你是太子母，将来便是皇太后，有至高无上的权力，不要胡来。

听完这话，栗姬生气了，"怒不肯应，言不逊"。

什么？让我照料贱人和那堆崽子，真是奇耻大辱！栗姬被深深刺伤了，坚决拒绝，气急败坏地大骂男人。正史没有记载骂什么，野史绘声绘色道"骂上老狗"，无非你个老狗，处处留情，还让我照料，呸！没门！

其实，如果某人什么都写在脸上，多半不会做坏事，不仅没心思，也没那能力，喜怒不形于色，心深似海的人，往往更可怕。可是，刘启不可能冒风险去验证，戚夫人被砍手断脚，挖掉眼珠，熏聋双耳，灌了哑药，扔到厕所的画面仍然鲜活，后宫争斗这样可怕，绝不要留一丝隐患。

几个月前，薄皇后被废。刘荣被立为太子已经两年，母以子贵，刘启本来打算立她为后，不过，走出那扇门，他便改了主意。

一个连表面功夫都不屑做的人，还能指望她什么？而且，位高权重者，处理情绪是基本能力，像栗姬这样，只管一股脑儿发泄出去，大喊大叫，歇斯底里，那个职位，她不配。

公元前150年，正月，未央宫。

"皇上，薄氏无子，后位虚悬，子以母贵，母以子贵，今太子母号，宜立为皇后。"大行上奏。

一切尽在掌控中，王娡笑得有些诡异，火已经点燃，烧得噼里啪啦，再来浇上几桶油吧。

什么东西？这是你该说的话吗！刘启盛怒，拖出去，斩！

刘启余怒未消，坚定认为栗姬母子买通大臣，干涉朝政，下诏废刘荣为临江王，罢黜栗氏退居冷宫。

三个月后，夏四月乙巳日，王娡被立为皇后，丁巳日，皇十子刘彻被立为太子。

临江王生母暴毙……

刘启早知道的，堕入地狱，不闻不问，她一定生不如死，她那脾气一辈子都没改过。可是，心怎么这么痛呢？尘埃落定，各有命数，到如今，浮现在眼前的，竟全是她的好。

老来多健忘，唯不忘相思。他的相思故事里离不开那个人，第一次爱上的女人。

"负罪"而死的栗姬被隆重安葬，刘启要求，作为陪葬墓，葬在他的阳陵以北。栗姬墓平面呈中字形，由墓室和两条墓道组成，规格极高。要知道，汉武帝的宠妃李夫人，不过一条墓道。

成为废太子的刘荣有点多余，为他抱不平的大有人在，那是一股可怕的力量。刘彻虚龄五岁，主少国疑，将来新旧交替时，怕少不得一番血雨腥风，相比帝国的稳步向前，刘荣的个人命运不值一提。刘彻才是一条船上的，为他扫清障碍，刘启觉得义不容辞。

无情最是帝王家。

刘荣接到圣旨，说他兴建土木，坐侵宗庙，皇上要他立刻进京交代清楚。

刘荣的主审法官是郅都,历史上有名的酷吏,有"苍鹰"之称,他执行力强,指哪打哪,除了皇上,谁都不放眼里。刘启用起来很是得心应手,他那庞大的统治机器里,需要有这么一个螺丝钉去唱白脸,不时敲敲打打,震慑一把。郅都做得很好,"行法不避贵戚,列侯宗室见都,侧目而视,号曰苍鹰"。

侵占宗庙这罪名比较务虚,可大可小,让郅都来审,父亲分明是容不下他。

"我刚入京,便进中尉府,可否传话,请见父皇一面。"

"不许。"

"那么,给刀笔一具,我写信说明情况。"

"不可。"

……

夜深,一串细碎的脚步声由远及近,祖母窦太后费了老大的劲让侄子送来刀笔。

信写毕,刘荣自杀。

七年后,病重的刘启为太子举行成人礼,数天后,驾崩,刘彻即位,成了大名鼎鼎的汉武帝。

某相亲节目,男主角很受欢迎,女嘉宾正在做最后的争取:"我呢,你看到了,长得不怎么样,不会做家务,如果咱俩成了,你得分担相当一部分家务。我脾气火爆,说话很冲,但是刀子嘴豆腐心,人很善良,朋友说我是性情中人。"女人看起来很真诚,"反正,我就是这样,不想隐瞒,你好好考虑,我真的很喜欢你。"

他帅气、谦逊、性格温和、工作很好,你很喜欢,可是,你"不好看、不会做家务、脾气火爆、说话很冲",也看不出想要改变什么，因为"就是这样"。

你有那么多欣赏他的理由，可否也给一个理由，好让他说服自己，有勇气跟你走下去。

煮字为药：

女人爱给婚姻赋予许多超凡脱俗的美好寓意，好像世间真有唯一正确的人，所谓的"真爱"，只要铆足劲去找、去等，就可以了。殊不知，婚姻最世俗，你有什么，我有什么，这一点，许多古老的词汇都是证明：郎才女貌，门当户对，窈窕淑女，君子好逑。

当然，不见得非要有多少钱。家底丰厚是资本，善解人意也是资本；能说会道是资本，善于倾听也是资本；好模样是资本，好脾气也是资本；总得有一样，能拉出去遛遛。

为什么你奋力去找一个愿意接受自己缺点的人，却从不想着改正缺点，情商还能更低点儿吗？

别再幻想世界上会有一个能一直包容你的男人，那是童话。

5. 许平君：男人最感激的，是陪他吃过苦的女人

（许平君，汉宣帝刘询第一位皇后，元帝生母。）

当听到老公说打算把女儿许给刘病已，平君娘一下子跳了起来："自家还算富庶，不像刘病已，孤魂野鬼一个，又是政治上被判了死刑的人，能吃饱饭就不错了，老东西，你要害死女儿吗？"

当今皇上才二十一岁，先帝古稀之年才驾崩，平君娘有理由认为，皇上圣明，再活个四五十年不成问题。

那么这辈子，刘病已都不合时宜。

这不是刘病已第一次被拒婚，那场惊天大案已经过去了十八年，祖父、祖母、父亲、母亲都死了，死了几万人，只有数月大的他活了下来，被送到监狱时，腕上还戴着祖母为他编织的五彩丝绳，里面嵌着一枚身毒国宝镜，祖母说戴上它会得到天神的祝福。

祖父的旧人怜他孤苦，想方设法给予照顾。张贺曾是祖父的宾客，巫蛊祸起，他受了宫刑，成为阉人。张老伯见他如见故人，读书习字，日常生活，样样放在心上，连婚姻大事都为他操心。刘病已十五岁了，长得玉树临风，张贺想把孙女嫁给他，家人断然回绝。他是"谋反罪人"刘据的孙子，躲都来不及，谈什么结亲，张家侯门，没有女子嫁庶人的道理。言下之意，他不可能有未来，孙女嫁他浪费资源。

就这样，刘病已婚事又拖了三年。张贺发现，下属许广汉有一女，容貌端正，年岁又正好，便约他喝酒，同时画了块大饼：病已现在是平民不假，可血统摆在那呢，说不准哪天就封王封侯了，把你女儿嫁给他，不亏。

才给女儿算命，说会大富大贵，转眼就听说要嫁给一个没人愿嫁的家伙，平君娘又哭又闹，无奈拗不过丈夫，只好收拾收拾，准备送女儿出嫁。其实，是迎女婿进门，刘病已无家无业，跟着他吃哪住哪？

婚后一年，许平君生下儿子，孩子才几个月大，京城忽然敲响丧钟，皇上暴崩，无子。

大将军选的新皇是昌邑王刘贺，大行皇帝侄子，他那样的人物，还有好些。

刘病已经常去城南，长时间沉默，起伏的土坡间，大片野草极是茂盛，站在粗壮的柳树下，风一吹，柳条便左摇右摆，不起眼的一群陵墓里，埋着他所有的亲人。不知为什么，到了这里，刘病已就觉得心安，死后，他也会进去，和亲人团聚。

七月，天很热，应该也没有风，许平君哄着孩子入睡，自己也昏昏欲睡，门前悄无声息停了一排马车，饰物庄严隆重，一行人下来，说奉大将军之命，迎皇曾孙入宫。

许平君好几天没见到丈夫，只听说大将军废了刚立不久的皇帝，改立武帝曾孙，也就是说，丈夫成了皇上！

霍光的功劳太大了，刘病已怎么俯首帖耳都不为过，霍光能把他从平民推上皇帝宝座，再拉下也是毫不费力。

这后宫深深，这人心蠢蠢欲动，宫门外是万里江山和无数形形色色的人，现在，刘病已只有她，可是，很快，他的后宫就会花团锦簇、莺歌燕舞，她们一样年轻美丽且更尊贵，而她只是"暴室啬夫"，犯事被阉了的许广汉独女，许平君兴奋又伤感。

皇上既立，谁来当皇后？大将军小女成君，豆蔻年华，容貌也不错，真是最合适的人选。

霍光微微一笑，刘病已对他言听计从。

可是，皇上却下了一道诏书："朕微贱时，有过一把宝剑，朝舞夕弄，甚合朕心，现在它不见了，众爱卿，可否为朕找回？"

没名没姓地去哪儿找？都是混官场的聪明人，大臣知道另有所指，赶紧上折子，请立许平君。

刘病已倾尽全力只想给许平君最好的，不惜忤逆大将军，却加速了失去心爱的人。

霍光心里不舒服，面上不动声色，他一向谨慎。可是，他的夫人显，就叫霍显吧，简直气疯了，皇上的位置都是我家大将军给的，却连让我女儿做皇后都不愿意。

霍显无时无刻不在想，除掉许皇后，女儿便是皇后了。

许平君又要生孩子了，宫中召民间有名气的妇产科医生入宫侍候，淳于衍去向霍夫人辞行，顺便为丈夫跑官。

你有事相求，正好，我也有事求你呢，霍夫人微笑着屏退左右。

"只要夫人开口，我肯定是没话说。"

"大将军一向喜爱小女成君，想让她大富大贵，""大富大贵"那四个字，霍夫人咬得特别重，"所以，要麻烦你了。"

"夫人这是什么话？"

"女人生孩子啊都是九死一生，皇后马上就生了，如果这时候动点手脚，神不知鬼不觉，成君不就是皇后了嘛。"

"可药是太医一起配的，而且有人先尝，找不到机会。"

"大将军权倾天下，谁敢说什么，就看你想不想了。"

许平君生了个女儿，身边的女医递来一粒药丸。

服下不久，她便觉得天旋地转，疼，头好疼，药中是不是有毒，"药中得无有毒"？

"没有。"女医答。

刚传来消息母女平安，转身她就死了，平君，让你当这个皇后，我是不是错了？

几位太医下狱，女医淳于衍不予追究，大将军签了字，刘病已看了，点头。

然后，霍家小女儿入宫，礼仪极为隆重，比平君当年，热闹多了。

刘病已掀开盖头，温柔微笑，波澜不惊。

平君，我会敬她宠她，跟对你一样，肌肤相亲，男欢女爱。

这是任务。

霍成君被捧在手心疼了三年，那些亲昵、温存，跟真的一样，如果不是父亲去世后他的凉薄，霍成君一点都不怀疑那就是爱。

她排场浩大，花钱如流水，跟姓许的一点都不一样，那又怎样？皇上看向她，眼里满满的宠溺，奇怪的是，夜夜专房，三年多了，一儿半女都没生出。

公元前68年，霍光去世，一年后，刘病已下诏立太子，是许皇后的儿子刘奭。

民间生的也算数，将来皇后生了儿子反倒只能为王，岂有此理！霍显气得呕血，呕出的血还没擦干，儿子、女婿忽然被调离京城。

霍家人不时做噩梦，先是霍显梦见井水溢出，直灌到屋里。忽然大将军又来托梦，"儿子要被抓了，你知道吗，衙吏很快就来了"。霍禹听到车马喧嚣声，是来抓他的，大门竟然坏了，真是见鬼。霍云的房门也坏了，巷口的人都说看到有人在他房顶往下扔瓦，走近，却什么都没有。老鼠怎么这么多，该死，不知哪里窜出一只猫头鹰，黄昏中叫声凄厉。

从车水马龙到门庭冷落，霍家人的日子太难过了，惶惶终日无计可施，只好相对哭泣。

"现在丞相掌权，总说父亲坏话，还有那些儒生，危言耸听，说父亲在时，主弱臣强，皇上还特别优待他们。"

"丞相老说我们坏话，难道他就没罪吗？"霍显很生气。

"就是没有啊，倒是我们狂惯了，小辫子多得揪不过来。"霍山说，他还听到一个吓人的说法，霍家毒杀了许皇后！

只见太夫人红着脸，一咬牙："没错……"

儿子们惊讶极了，怎么不早说，肯定因为这原因，他们才被冷落、被放逐。这还得了，毒杀皇后，可是要被灭族的呀。

只有造反了。

霍家被满门抄斩，霍成君投毒太子未遂的事也被揪出，刘病已废了她。

下一任皇后该选谁？刘病已中意张婕妤，可是，她有儿子，子以母贵，如果被立为皇后，他们母子必然觊觎太子的位置，刘病已想了很久，决定立素来谨慎的王氏，因为她无宠、无子。王氏自成为皇后，更受冷落，刘病已几乎不去看她。

从此，你和我的唯一联结，就是太子，好好抚养他。

刘病已算得明君，经过"昭宣中兴"，西汉国力达到鼎盛，对这个儿子，他并不满意，说过"乱我家者，太子也"，也想过重新换人，但是，一想到他的母亲，心便柔软了，终是"弗忍"。

曾经沧海，难为水。

煮字为药：

很多女人都在追问，男人喜欢什么样的女人？为什么有些女人要什么没什么，却依旧能被男人捧在手心里，万般呵护？

我讲一个故事，或许你会有启发。

班花和"小透明"是我高中的同班同学。

高中毕业十周年同学聚会前，班花已是离异的身份。她和她富二代老公的故事，一直出现在同学们私下的八卦里，两人闪婚、性格不合、富二代私生活混乱、班花要求巨额离婚补偿……

而小透明则是聚会的时候，大家才知道，她和她老公相互扶持，创业成功，生活美好。

本没什么好讲，传奇就出现在班花不知道从哪里搞到了小透明老公的微信，上演了一波偶遇之后，便"晓看天色暮看云，行也思君，坐也思君"的言情戏码。

后来再同学聚会，小透明依然春风满面，生活完满，班花却没了踪影，据说去了别处发展。

有同学八卦："你说为什么小透明的老公会看不上班花？据说拒绝得很直接，没留点儿颜面。"

与其百思不得解，不如认真想想，她到底有没有先付出真心？

无论与谁谈情，都应该真心以待，落寞时的雪中炭和风光时的锦上花，该选谁爱谁，谁也不傻。

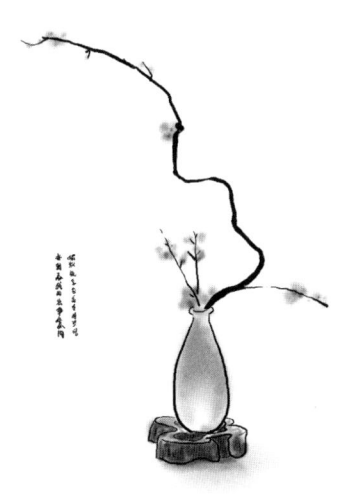

6. 阴丽华：所谓相夫教子，其实就是做好自己

（阴丽华，光武帝刘秀原配，东汉第二任皇后，汉明帝生母。）

  阴丽华拥有女人想要的一切：白、富、美、爱情、亲情、身前身后名……

  刘秀看到她后，人生目标之一是娶妻当娶阴丽华。可是，他没有什么拿得出手的资本，只有稀释了数倍的皇族血脉，父亲只是个县令，已经死了很多年，家境贫寒，务农为生，虽说有鸿鹄大志，可理想能当饭吃吗？

  打出"复高祖之业，定万世之秋"的旗帜，刘秀在家乡起兵，但，其实只是遍地开花的起义军中不起眼的一支，连匹战马都没有，刘秀是骑着牛上战场的。

  再看看女神，新野美人，家有良田三万五千亩，租金收到手软，每年播种季，考虑的是种子应该准备八千担、九千担还是一万担呢，他可真是癞蛤蟆想吃天鹅肉……

  默默努力了很多年，二十九岁，刘秀终于有资本迎娶阴丽华。经过昆阳一战，王莽政权崩溃，他所在的起义军掌控了局势,他是其中最优秀的将军,四十二万敌兵来袭,刘秀率领十三骑兵突出重围搬来救兵,名震天下。

迎娶阴丽华,总有人在背后戳他的脊梁骨,"哥哥刚死就成亲,有伤风化"!刘秀当时的处境很艰难,遭顶头上司猜忌,哥哥被杀,他只能这样放浪,用实际行动与哥哥划清界限,表示自己绝无反心。可是,万一新登基的皇上还是不放心呢,阴丽华就得跟着他万劫不复。

所以,阴丽华其实没有高攀刘秀,他君临天下,闪闪发光,还是很久以后的事。

新婚生活你侬我侬,三个月后,刘秀要离家寻找更广阔的未来,阴丽华于是回到娘家,战战兢兢等他的消息。

再次见面,是三年以后,他身边有了新人,还生了个儿子,阴丽华家再有钱,也比不过郭圣通家族的十万大兵。

公元25年,刘秀在洛阳称帝,史称东汉,阴丽华被封为贵人,郭圣通也是贵人,皇后的位子空着,说明他在犹豫。他有苦衷,郭圣通有功劳,有儿子。

刘秀说她雅性宽仁,应当正位中宫,阴丽华赶紧推辞,郭氏有子,皇后应该是她。她不想给刘秀惹来非议,自己难服众,她知道,刘秀的部下许多人只知郭圣通,不知她,对他们来说,阴丽华就是半路杀出的程咬金。

以后每次出征,刘秀总要带上她,他们的大儿子刘庄就是在北征路上生的。

有人说阴丽华工于心计,手段不减武则天,因为十七年后,郭圣通被废,刘秀下了一道诏书,说"皇后怀执怨怼,数违教令,不能抚循它子,训长异室。宫闱之内,若见鹰鹯"。皇后怨念很深,屡次违背命令,不能慈爱抚育其他嫔妃生的孩子,宫闱之内,见到她就跟小鸡见到老鹰一样,所以,朕要废掉皇后,另立阴贵人。

"既无《关雎》之德,而有吕、霍之风",都是些虚头巴脑的罪名,有吕后、霍成君的影子,证据呢?刘秀还不让大臣议论,说"异常之事",不是国家的福气,不得庆贺,就这样堵住了众人的嘴。

可是,十七年前,推掉皇后的位子,阴丽华难道知道日后一定能抢回?如果郭圣通没那么喜怒形于色,如果她生不出儿子,或者刘秀早早死去,这么多未知变量交叠,更让人相信,当初她只是做了自己认为对的事。

阴丽华的侄子阴丰娶了郦邑公主,公主刁蛮,阴丰急躁,又一次大吵大闹后,阴丰拿起刀子杀了公主,阴丰被判斩刑,弟弟弟媳两口子教子不严,皇上下令让其自杀,阴丽华没说什么。

她的儿子,汉明帝刘庄中意的皇后人选是马贵人,可是,马贵人没有儿子,后宫还有位阴贵人——阴丽华的娘家人,刘庄没有明说,还是母亲表了态:"马贵人德冠后宫,即其人也。"

马贵人便是有名的明德马皇后,一生严格约束家人,不让刘庄给她的兄弟们封侯,拖了多年,终于封了侯,她叫来兄弟们,让他们辞官回故里,简直高尚到伟大。

刘庄喜爱的这个女人,和他的母亲阴丽华何其相似。

你希望孩子成为什么样的人,就去做一个什么样的人,鲜活的榜样在前,孩子自然便懂了。

阴丽华的爱情很完美,嫁了人中之龙,而且,在严肃的诏书中，那人还毫无顾忌地温柔表白："将恐将惧，唯予与汝。将安将乐，汝转弃予。"不要离开我，你走，我就真的成了孤家寡人。

阴丽华六十岁去世，与刘秀合葬原陵。十年后，汉明帝刘庄已经四十七岁，某天晚上梦见父母，欢笑言语，一如从前。刘庄从梦中惊醒，辗转反侧，第二天他率百官去原陵祭拜，伏在母亲床上，看着母亲生前梳妆之物，悲伤得不能自已。刘庄哭了很久，命左右擦拭干净，重新装好，假装母亲还在。

除了完美爱情，阴丽华还拥有温暖的亲情。

在家庭中，失去自我的付出，别人往往不会领情，因为那种付出里常常伴随很大的怨气，从而使环境变得高压。失去自我的付出还意味着，我的人生就这样了，只能靠你了，那是另一种懒惰。

一个女人对她没考上理想中学的孩子喊叫："你怎么这么没用！我为你付出了那么多！"

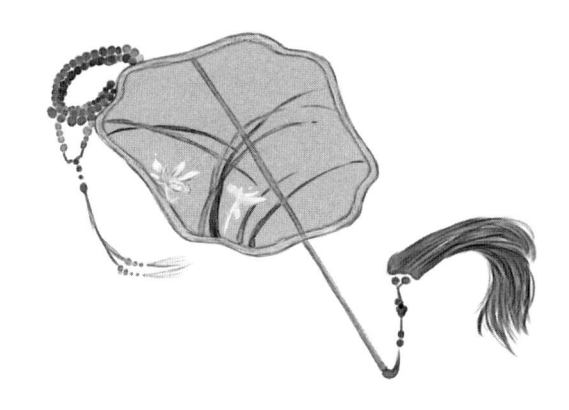

我为你付出了那么多！所以，孩子连失败的资格都没有？

可是，你为什么不过好自己的人生？

煮字为药：

世界上有一个二八定律，努力的方向对了，20%的付出可以产生80%的收益；如果努力的方向不对，80%的付出往往只能获得20%的收益。

在经营家庭这项伟大事业中，做好自己，就是主要任务。

当你优雅、能干时，无须言语，就是一本活生生的教材，教女儿要成为怎样的女性，教儿子挑选什么样的妻子，和老公谈工作、聊生活，不慌不忙。

所谓相夫教子，其实，就是做好自己。

你对了，你的世界也就对了。

7. 郭圣通：当男人不爱你的时候，你做什么都是错

（郭圣通，光武帝刘秀的妻子，东汉第一任皇后。）

娶了那个女人，就能得到她家族的十万兵力，成为在权力里打滚的人，谁不心动？

刘秀高攀，才娶到郭圣通，当时，他和另外一拨人都想拉拢真定王刘杨，刘杨最终选了他，还把外甥女嫁过去，永结两家之好。

皆大欢喜，刘秀争取到了真定王刘杨的十万大兵，刘杨为自己的割据小国找到了政治靠山。婚礼上，郭圣通的舅舅、真定王刘杨开心得不顾形象击缶唱歌。

可是，郭圣通怎么会想到，刘秀其实是在深深的愧疚、无可奈何的伤感里，强颜欢笑和她拜的堂。

他已有名正言顺的妻。阴丽华，这个名字，郭圣通听过，可是，人往高处走，刘秀贫贱时娶了她，现在创业需要，自然应该娶新人，更上一层楼才是。

郭圣通还听说，阴丽华很美，刘秀对她一见钟情，说过"娶妻当娶阴丽华"。但是，这份不快，就像雁渡寒潭时留下的阴影，稍纵即逝。

那阵子，刘秀对她很好，温柔、缠绵，一样都不少，郭圣通很幸福，一幸福就没空想那些不开心，还有一点，她底气很足，自己对刘秀帮助那么大，几乎成就了他。综上所述，郭圣通有理由相信自己的地位坚如磐石。

第二年，郭圣通生下儿子刘强，又多了个砝码，嫡长子。

公元25年，刘秀称帝，史称东汉光武帝。他赶紧派人去接在娘家的阴丽华，封为贵人。郭圣通也是贵人，什么意思？与那女人平起平坐？自己可是陪他打天下的女人，粮草、兵士，都是真金白银的赞助，阴丽华不过是地主的女儿，有钱是有钱，可兵荒马乱的年代，没用啊，兵、马、武器才是王道。

原先仰仗的家世，很快成了郭圣通的包袱，舅舅想继续偏安河北当真定小国的王，刘秀翅膀硬了想要一统天下，卧榻之侧岂容他人鼾睡？那十万大兵曾经是给刘秀雪中送的炭，现在，成了他大一统事业的绊脚石，舅舅不自安，有谋反之意，没等成事，倒先被刘秀杀了。

但是，郭圣通没有受到影响，她被册封为皇后，长子刘强立为太子，大臣临死前送上祝福：愿陛下、皇后、太子，永享万国，与天无极。

刘秀还得经常南征北讨，可是，每次出门，总要带上阴贵人。他是大英雄，应该知道军中规矩，带着妇人出征，不吉利，可他偏要带，每次都带，就这样离不开那女人？

公元28年，刘秀北征彭宠，行军速度很慢很慢，阴丽华刚生了个男孩，快不得，需要休息。

为什么不让阴丽华在宫中生产？行军颠簸，又徒增开支，皇上到底在想什么？一日不见，如隔三秋？还是担心那女人留在宫中受罪？或者，不想让她对着自己屈膝行礼？

郭圣通有点不安，她感觉，自己登上了后位，但是，抓不住男人的心了。

其实这算什么，她被冷落的日子，还在后头呢。

郭圣通还听说，皇上原本想让阴贵人当皇后，可是，那人温柔懂事识大体，主动让出，这才轮到她。原来，她的后位是这样得到的。可是，她当皇后难道不理所应当吗？患难夫妻，还有长子。

原以为自己可以做个好皇后。她出身名门望族，父亲主动把几百万田产让给异母弟弟，名噪一时；母亲虽是王室的公主，但"好礼节俭，有母仪之德"；弟弟呢，从不仗着姐姐是皇后，就露出骄矜之态，更不因为有恩于皇上，就没上没下。他们原本是贵族，家风很好，她以为自己也会有那样的好名声。

可是，母亲，你教我要做好女人，有什么用？女儿再怎么好，也得不到他的心，真让人抓狂！

"吾微贱之时，娶于阴氏，因将兵征伐，遂各别离。幸得安全，俱脱虎口。"

刘秀在新下的诏书里写道，我微贱时娶了阴丽华，因为战争，各自别离，几年未见，还好彼此安然无恙，终于团圆。

"以贵人有母仪之美，宜立为后，而固辞弗敢当，列于媵妾。"

阴贵人母仪天下，原本应立为皇后，而她始终推辞，不得已，忝居妾位。

皇上竟然昭告天下，其实没想让她当皇后，是不是还要她哭着感谢阴贵人成全啊，让她这个皇后脸往哪搁！

"朕嘉其义让，许封诸弟。未及爵士，而遭患逢祸，母子同命，愍伤于怀。"

朕曾许诺加封她的弟弟们，未及实现却遭此祸患，母子同死。局势没那么稳定，阴贵人母亲、弟弟被劫持，对峙中，劫匪撕票。

"《小雅》曰：'将恐将惧，惟予与汝。将安将乐，汝转弃予。'风人之戒，可不慎乎。"

在我艰难的日子里，只有你陪着，现在终于君临天下，我却抛弃了你。这一句深深伤害了郭圣通，《诗经》描写男女感情的诗句，刘秀公然用在严肃的诏书里，毫无顾忌地温柔表白。他几时抛弃过阴丽华？几时慢待过阴丽华？冷落郭圣通不算什么，阴丽华没当成皇后就算抛弃了？

原来，她什么都不算。

该来的总要来，42年，刘秀诏三公废皇后："皇后怀执怨怼，数违教令，不能抚循它子，训长异室。宫闱之内，若见鹰鹯。既无《关雎》之德，而有吕、霍之风，岂可托以幼孤，恭承明祀。"

吕、霍之风？吕后砍掉戚夫人手脚，剜掉眼珠，熏聋耳朵，扔在厕所，号称"人彘"，亲生儿子惊吓大病一场；霍成君蛇蝎之心给太子下毒，她有这样不堪吗？她是有怨气，脸色不好看，可是说她有吕霍之风，证据呢？不爱她了，还要这样践踏她！

"阴贵人乡里良家，归自微贱。自我不见，于今三年。宜奉宗庙，为天下母。"

娶妻当娶阴丽华,他到底还是让阴丽华当了皇后。

"异常之事,非国休福,不得上寿称庆。"

废后是异常之事,可是,让更合适的阴贵人母仪天下,难道不是社稷之福,为什么不敢光明正大地庆贺?

郭圣通被废,她的儿子战战兢兢又当了三年太子,在这之前他已经当了十六年,他坚决请皇上废掉自己,另立阴丽华的儿子为太子。

刘秀同意了。

除了这点,郭圣通的生活没多大改变。活寡原本就守了多年,家族照样富贵,甚至更加煊赫。刘秀对待阴、郭两家一碗水端平,"每事必均",母亲去世,皇上甚至亲临现场,前太子改封东海王,在他的封国里,安稳富足地生活,得到皇上和现任太子足够的尊重。

郭圣通死时,儿孙满堂,都围绕在她身边,流下不舍的泪水。

有吕霍之风？把郭圣通和手段毒辣的吕后、霍成君相提，让人情何以堪？明明修史书的糙汉子都看出来了，"当其接床笫，承恩色，虽险情赘行，莫不德焉。及至移意爱，析嫌私，虽惠心妍状，愈献丑焉。"这话说得太白了，当你床上受宠时，就算性情乖张、行为丑陋，在他眼里也是美的，若他移情别恋了，你就算心灵美、容貌美，各种无可挑剔，也不过是跳梁小丑，自找难看。范晔打心里为郭圣通抱不平。

同样的意思，两千年后的亦舒这样说：当一个男人不爱你的时候，你哭闹是错，静默也是错，呼吸是错，就是死了也是错。

那么，不如相忘于江湖吧。

煮字为药：

当一个人爱你时，你是日月、星辰，是所有美好的事物，是他的整个世界，你做什么，都能被理解，被包容，被忍让。若不爱你，那么你的一切好，你所做的一切，都没有意义。

他说的好与坏，不过一念之间，一人之词。

既然如此，何不离开，寻找另一片天地？你能给的，他不觉欢喜，不代表没人喜欢。

努力去做他认为对的事，不如，好好找一个对的人，让你的一切付出，被看见，被认同。让自己的爱与人生，是值得的。

8. 丁夫人：生活哪有什么假如

（丁夫人，曹操正室，曹操长子曹昂的养母。因曹昂之死与曹操决裂。）

这些年，我过得很好，只是，总觉得少了一个人。

英雄一世，千帆过尽，曹操躺在病床，知道自己行将就木，说："我这一生，没什么可后悔的，但是想到她，心里很遗憾，我的心始终没变，只是做错了事，她不肯原谅。假如人死后真有灵魂，子修问'母亲呢'，我该怎么回答？"

子修是曹操的长子，大名曹昂。他不是曹操原配丁夫人亲生，生母刘氏是丁夫人的陪嫁侍女，后被曹操收作小妾，生下曹昂后又一次生产时，刘氏难产，死前把儿子托付给丁夫人。她是嫡妻，又没有生育，应该会对孩子很好。

丁夫人且悲且喜地答应了，从此将他当亲生儿子一般悉心照料。曹昂也很出色，聪明、和气，十五岁便举了孝廉，跟着父亲南征北讨。

宛城一战，曹操大获全胜，张绣投降。

之前，曹操就打听到，宛城内有个漂亮寡妇，就想着要一亲芳泽。他荷尔蒙分泌甚是旺盛,才不管那人是不是张绣的婶婶。

曹操就好这口,丁夫人恨过怨过,可有什么办法?他那样的男人,天仙一样的老婆也拴不住。不过,风流归风流,他对自己还不错,何况,儿子那么优秀,就够了。

曹操整天和张绣的婶婶黏在一起,拆都拆不开,张绣觉得遭受奇耻大辱,他原本已经投降,此刻,又变了主意。

半夜,张绣突袭,曹操被打得措手不及,惊醒后,推开身边的女人就往外窜。

捂住右臂的伤口,曹操灰溜溜地逃到舞阴,众人这才发现,丞相的坐骑不是大宛良马绝影。

绝影身中三箭,第四箭被射中眼睛,倒下了。

眼看就要被追上了,曹昂把战马让给父亲。

宛城,曹操大败,失去一子,一侄,一猛将,一爱马。

如果不是他风流成性,逼反了张绣,子修就不会死,是他害死了儿子!哭得死去活来后,丁夫人对曹操便没了好脸色。

曹操再次攻下宛城,张绣再次投降,两人把酒言欢,一笑泯恩仇。来年准备攻打袁绍,曹操很需要人才,其他的个人恩怨,都可以放下。人人感慨,曹公真英雄,宰相肚里能撑船。

可是,丁夫人受不了,她不想管什么天下大事,只知道那是杀害儿子的凶手,于是不管不顾地骂丈夫:"将我儿杀之,都不复念!"你杀了我儿子,却一点都不想他,你还是人吗?为个女人害死儿子,你就是凶手,你杀了我儿子,子修,你死得惨啊……

曹操忍啊让啊,有时会心虚地安慰几句,谁让他理亏,可是,丁夫人好像走不出伤痛,哭闹得没完没了。吵得多了,曹操很烦躁，在外面他是威风凛凛的曹丞相，谁见了不是毕恭毕敬，在家里却被婆娘骂得跟孙子似的。

又一次吵闹后，曹操表示，你总这样，真让人受不了，回娘家吧。

丁夫人转身收拾起了包裹。

曹操只想挫挫她的锐气，可是，跨出那扇门，丁夫人就没打算回去。

当初成亲时，曹阿瞒还只是大太监的孙子，被正统士人看不起，只是个放荡不羁的游侠，无其他才能，他也不求好，净做些让人大跌眼镜的事，一次潜入别人家，被发现后，拿着长枪，张牙舞爪的竟然也能逃脱。这些年，当小官，被流放，免官，隐居，终于借天下大乱，陈留起兵，"散家财，合义兵"，杀董卓，灭吕布，他成了曹丞相，挟天子以令诸侯，以致一人之下，万人之上。

她跟着他提心吊胆地过日子，败了，担心他的生死；胜了，准又带回来女人和几只拖油瓶。

他有许多儿子，甚至小妾跟前夫生的，也带在身边疼得不行，还到处夸自己是天下第一好继父："你们看过有像我这样对继子好的男人吗？"

丁夫人只有曹昂，他走了，她也不要未来了。

曹操几次派人去接，丁夫人都不回，没办法，他只好放下高高在上的身份亲自去。

"曹公到！"丁家上下垂手迎接，随从识趣地退到门外。

曹操讪讪地走过去，手放在她的背上，轻轻抚摸着，说："看着我，我们一起回去吧。"

丁夫人却自顾自地织布，不看，不答，从曹操进来时就这样，好像他是空气。

屋内安静极了，只有纺车轱辘声，丁夫人冷漠而坚决地表明，她已心如止水。

曹操讨了没趣，站了一会儿，退到门口，又忽然回头，低声下气道："跟我回去，好不好？"

世界一片安静。

曹操有些恼怒，好一会儿才说，"真诀矣"！

两人缘分已尽，小妾卞氏被扶了正，她是聪明人，知道曹操没有放下，于是按时派人送东西给丁夫人，还不时请她来家里坐坐，自己屈居妾位，曹操身边的位置留给她。

一来二去，丁夫人却烦了，说，废放之人，哪能经常这样。这话等于拒绝了卞夫人的好意，以后不要这样没完没了，我和他已经没关系了。

曹操终于死心，不忍她守寡，便派人带话给丁夫人，遇到合适的，就嫁了吧。

丁夫人没有回应，丁家赶紧连声表示，小女绝不会改嫁，小女这辈子都是丞相的人。

过了些年，丁夫人去世，曹操很心痛，把旧人葬在许昌城南。

曹操后来的事业风生水起，"北破袁绍，南掳刘琮，东举公孙康，西夷张鲁，九州百郡，十并其八"，几乎平定了天下；他还是大诗人，"东临碣石，以观沧海。水何澹澹，山岛竦峙。树木丛生，百草丰茂。秋风萧瑟，洪波涌起。日月之行，若出其中。星汉灿烂，若出其里……"他还是书法家，写的字"金花细落，遍地玲珑""笔墨雄浑，雄逸绝伦"；他在音乐方面也有很高的修养。

临死前，丰功伟绩却都不提了，曹操变得琐碎而伤感，他想起了丁夫人和早逝的儿子。

我这一生，没什么可后悔的，但是想到她，心里很遗憾。假如上天再给我一次机会，也许……

可是，生活哪有什么假如，有些人，一转身，就是一辈子。

煮字为药：
我读研时的同学刚办完离婚，原因是她出轨了。

在这个浮躁的时代，感情和婚姻变得尤为不牢固，很多人都会因为一点鸡毛蒜皮的原因，轻易背叛婚姻，无论男女。

我曾问她："你后悔吗？"

"后悔有用吗？生活又不是电视剧，可以轻易地从头来过。"

她突然捂住了脸:"是我的错,但他不肯给我机会。"

婚姻不易,不要因为一时的诱惑、一时的放纵、一时的鬼迷心窍而误了彼此。且行且珍惜。

9. 甄宓：不必讨好善妒的人

（甄宓，魏文帝曹丕的妻子，魏明帝曹叡的生母。相传为三国时期第一美人。）

遽然一声响，门被撞开，甄宓惊慌失措地躲到婆婆身后。

兵士鱼贯而入，佩刀寒光闪闪。

刘夫人紧张得直绞手，再没有先前丈夫尸骨未寒时，杀尽他小妾的气势。

曹丕谦谦君子般走上前，望向刘夫人身后的女子："她是谁？"

"袁熙的妻子。"

"江南有二乔，河北甄宓俏"，曹丕刚入城什么都顾不上，就是为了找她。

曹丕走过去，直勾勾地盯着女子，抬起手，把伊人秀发撩至耳后，温柔地擦去她脸上的灰尘，唔，北方第一美女名不虚传。

刘夫人松了口气，悄悄告诉儿媳："不忧死矣。"

另一边，曹操刚忙完手头的活，叫来手下，让赶紧带去找甄宓。来人吞吞吐吐，半天挤出几个字，那谁已经去了。曹操愣住了，脸色很难看，说"今年破贼正为奴"，老子今年打仗的精神动力就是她！

曹丕把甄宓带到父亲面前宣示主权，曹操像被电击中了一般，情不自禁道："真是我的——儿媳啊！"

二十四岁的甄宓风光再嫁，对象是十七岁的曹丞相长子。

让卞夫人情何以堪。几乎同时，她最爱的两个男人被夺走，后来，听说小儿子曹植也暗恋她，还写了篇《感甄赋》，说那个女人"翩若惊鸿，婉若游龙""凌波微步，罗袜生尘"，后来，甄宓的儿子觉得这名字太那个了，改为《洛神赋》。

甄宓一天没耽搁地怀了孕，跟了曹丕九个月后，生下儿子曹叡，虽说月份有些尴尬，但是曹丕还算笃定是他的种。

曹操默默用自己的方式关心女神，他很喜欢小孙子曹叡，经常带在身边，还说，看到你这样，爷爷知道，家业传三代没问题啦！曹操很照顾儿媳的娘家人，但对自己小舅子却摆出公事公办的样，卞夫人不服气，为什么弟弟功劳苦劳都有，却始终得不到升官。曹操解释，前朝外戚专权，大家恨得不行，我不能被人骂，而且，登高必跌重，平平淡淡才是真。

甄宓出身名门，小时候喜欢看书写字，一学就会，哥哥取笑她："赶紧绣花去"十岁那年，天下大乱，粮食严重匮乏，百姓甚至用珠宝交换，甄家存粮多，很是发了笔财，甄宓劝母亲不如开仓救人，一来博得好名声，二来避免成为发国难财的无良商人被治罪，强势的母亲从了她。甄宓还要求母亲善待年轻守寡的二嫂，像疼爱亲生女儿一样，说得母亲热泪盈眶。

甄宓的口碑一直很好，她不嫉妒，还说，为什么那谁子孙多，因为女人多啊，所以您要多纳小妾。

曹丕很感动。

甄宓很贤惠，曹丕准备休掉任氏，她哭求，任氏那么好，人品、颜值，我都比不上，为什么您要赶走她？

"她任性、暴躁、不温柔。"

"可是，我正受宠，你休掉她，别人会以为是我从中使坏。"

曹丕很心疼。

一个女人如果与世无争，要么因为高高在上，甩开对手太远，要么因为心如死灰，失去了竞争力。

甄宓显然是前者，所以，她的"大方"是优雅、懂事的，是人人都能看出来的底气，她相信自己的地位不可动摇。

卞夫人一直和儿媳维持表面的和谐，她也是个狠角色，出身娼家，到处卖艺，被收作小妾后，又受了十七年的白眼，直到曹操被离婚。卞夫人被扶了正，打理一大家的生活，她有四个儿子，曹操有二十五个儿子，还有一堆抢别人老婆顺便带来的拖油瓶，曹操忘不了前妻，卞夫人察言观色，隔三岔五送东西给她。曹操很满意。

到处抢女人，并不代表曹操不满意卞夫人，他和老婆感情很好。

自古美人相轻，儿媳的心思，卞夫人总能敏感地捕捉到。

甄宓孝顺的名声在211年七月后传得很响，那时，卞夫人跟着曹操打仗，到孟津，生了场小病，甄宓知道后，天天哭，哭得周围人都知道了，曹丕告诉她，前方有消息传来，母亲的病好了。

"我不信这么快能好，你肯定是安慰我的！"

半年后，看到婆婆的马车，甄宓悲喜交加，感动了许多人。

她总是这样，战战兢兢地孝顺婆婆。

"哎呀当时只是小毛病，十多天就好了，不信看我的脸色。"卞夫人很配合，演技上，她也是实力派，"真是孝顺的好儿媳！"

曹丕宴请文坛好友，喝得有点嗨，大手一挥，"叫夫人来敬酒"，顺便展示北方第一美女的风采。

司马懿赶紧垂下头，伏在桌上，刘桢却径直望向她。

曹丕哈哈大笑。

几天后，曹操听说了，什么？看她了？还不抓起来，流放！做苦力！竟然看他的——儿媳，连他都不敢光明正大地看。

气氛有点尴尬，曹丕都不介意，他一个公公生的哪门子气。

吃醋让人失去理智，曹操的爱慕之心那么明显，连猪都能看出来，何况卞夫人。

五年后，公公曹操东征，自己的婆婆、丈夫、儿子、女儿都跟去了，甄宓没去，时隔一年，卞夫人回来，发现儿媳更年轻更漂亮了，像被爱情滋润过，与她一同留守邺城的是曹植，卞夫人的三儿子，天才少年。

"你这么久没看到孩子，不想吗，怎么气色更好了？"

甄宓微笑对答："他们跟着奶奶，我有什么不放心的。"

鬼才信，看不到孩子，做母亲的纵然安心，也很难宽心。

后来几年，甄宓被冷落、侮辱，直到被逼死，卞夫人都袖手旁观，可是，营救另一个人时，她是那么强势："曹洪今天被杀，明天我就废了你！"

曹丕身边多了位新人，没有甄宓漂亮，不比甄宓年轻，可是曹丕什么都跟她讲，总往她屋里跑。郭女王抓住了曹丕的身与心！

真到了这一步，甄宓才发现，自己做不到云淡风轻。

曹丕终于打败曹植，当上世子，他搂住谋士，大声说："你知道我有多开心吗？你知道我有多开心吗？哈哈哈……"

他还在好友坟前学驴叫，因为那人生前喜欢听。

这个任性的曹子桓，甄宓很久没看到了。

220年正月，曹操去世，曹丕成为魏王，十月，逼汉献帝退位，称帝，史称魏文帝。

曹丕把甄宓扔在邺城，拖家带口去了洛阳，投身到沸腾的新事业建设中。

郭女王是贵嫔，其他该封的也都封了，甄宓没有封号，她可是嫡妻，这是赤裸裸的侮辱、冷暴力，甄宓更加哀怨了。

蒲生我池中，其叶何离离。傍能行仁义，莫若妾自知。

众口铄黄金，使君生别离。念君去我时，独愁常苦悲。

想见君颜色，感结伤心脾。念君常苦悲，夜夜不能寐。

莫以豪贤故，弃捐素所爱。莫以鱼肉贱，弃捐葱与薤。

莫以麻枲贱，弃捐菅与蒯。出亦复苦愁，入亦复苦愁。

边地多悲风，树木何修修。从君致独乐，延年寿千秋。

我孤独生活，出也苦，入也苦，皇上，众口铄金啊，希望您保重，快乐每一天。

写完这首诗，甄宓就死了。

《魏书》说曹丕下诏迎甄宓去洛阳当皇后，甄宓拒绝了，说自己不够格，曹丕再次邀请，甄宓再次拒绝，曹丕只好作罢，不久，甄宓生病去世。

连史臣都看不下去了，裴松之在这一段下评论，跟我听到的版本太不一样了，怎么可以颠倒黑白到这种程度！

曹丕杀甄宓，在当时是公开的秘密，据说甄宓死得很恐怖，以糠塞口，披发覆面。

那一年，曹叡已经长成十八岁的大小伙，他是长子，素质也不错，父亲却不大喜欢，无奈郭皇后没有儿子，其他的又太小。

曹叡恭敬孝顺后妈，临死前，曹丕终于决定立他为太子。

郭女王在曹丕死后活了九年。

曹叡追封生母为文昭皇后，建宗庙祭祀，挖地基时，得到一块玉玺，"天子羡思慈亲"，曹叡潸然泪下。

他还经常打听母亲的死因。

"你母亲是你父亲杀的，问我干吗？找你父亲报仇去。"郭太后说。

据说，曹叡怒，逼杀之，以糠塞口，披发覆面，和甄宓死时一样。

煮字为药：

甄宓为何突然失宠。历史说法不一，比较有说服力的有两个原因，一是她过于正经的性格，让曹丕反感，所以单单留她一人在邺城；二是被吹了无数枕边风，认为甄宓对他诸多抱怨，《塘上行》就是证据，曹丕愤而杀之。

反观大龄女郭女王为何如此得宠，最有说服力的原因应该是她聪慧异常，对曹丕登基帮助极大。

揭开历史的面纱，甄宓再美，她仍旧是一个平凡女子，再多关注、争夺与示好，不如岁月静好的相知相伴。她以为，只要自己在卞夫人面前乖巧孝顺，没有过失，便能被接纳与包容，却忘了善妒的人，你做得越好，她越不能容忍，你是她的眼中钉、心头刺，只因你比她美好太多。

讨好他人，不如讨好自己，余生的安稳，属于那些内心强大、自信从容的女子，你的美好与幸福，要靠自己成全。

10. 郭槐：你的气场，来自你的修养

（郭槐，魏晋大臣贾充的妻子，父亲是郭配，伯父郭淮是三国时期魏国名将。）

听到皇上要大赦天下，郭槐浑身一震，也就是说，她前面那位要回来了？

郭槐是太尉贾充之妻，继室，续弦，有点低人一等的意思，想想《红楼梦》里，总是讨好人的邢夫人和总是很拽的王夫人，便是继室和原配。

贾充的原配叫李婉，"淑美有才行"，父亲李丰因罪被诛，连累她流放乐浪（今朝鲜平壤），于是，贾充又娶了郭槐。

怎样安置李婉，贾充有点烦，按理说应该复归原位。

李婉的两个女儿苦苦哀求父亲，已经成为齐王妃的大女儿叩头至流血，婆婆柳氏也热烈欢迎，几次三番催他迎回故人，晋武帝甚至专门下诏，允许他有两个正妻，号称左右夫人。

可是，贾充怎么敢？

郭槐大怒，你有今天的成绩，军功章里有我的一半，她算什么？想要左右夫人，你的良心不会痛吗？

贾充于是谢绝了皇上的好意，说自己没有享用两位夫人的福气，另建了栋房子安置前夫人，连光明正大地看她，都不敢。

郭槐可是什么都做得出来，惹着她，就等着家里天翻地覆吧。

他们其实生过两个儿子，大儿子贾黎民三岁时，乳母带着在门口玩，看到父亲来，孩子欢快地嬉笑，父亲便爱怜地俯下身逗弄孩子。

郭槐看见了，脑补丈夫和乳母必有一腿，于是，拉走乳母，"鞭杀之"，将其活活抽死。

孩子受惊加思念，不久就死了。

二儿子一岁时，乳母带着在门口玩，看到父亲来，孩子欢快地嬉笑。贾充又不长记性地俯下身逗弄孩子，郭槐又脑补丈夫和乳母有一腿，拉走乳母，杀了。

孩子思念乳母，谁都不要，不久，也死了。

贾充于是绝了子嗣。

一方面郭槐让全家人都怕她，另一方面，辅佐男人，她也很豁得出去。朝廷为太子选妃，她硬是让女儿贾南风成了太子妃，要知道，贾南风可是历史上有名的丑女人，她公公，阅女人无数的晋武帝司马炎直接说她"丑而短黑"。丑、短、黑，这估计是公公对儿媳妇最恶毒的评价了。

郭槐想尽办法搞定了皇后杨艳选自己"丑而短黑"的女儿做儿媳，这都做得到，她厉不厉害？

不过，骨子里，郭槐应该是自卑的，不仅因为她是继室，还因，前面那位，人人都说好。

贾充怕郭槐，可是，有多少爱呢？他还鬼鬼祟祟去探望姓李的。母亲弥留之际，贾充问还有什么要求，老太婆晃悠悠说了句，让你把我那好媳妇迎回，你尚且不肯，何必再问别的。再看看李婉的两个女儿，亭亭玉立，大女儿还是前途无限的齐王王妃，而郭槐生的两个姑娘，个个"丑而短黑"。

郭槐不淑不美不够有才行，有的就是悍，跟母狮子一样。

不过，现在，她总算能把李婉比下去了吧。

你女儿是齐王妃，我女儿是太子妃；你是被抛弃的人，我是正妻，今天就要会会你。

来来来，将那套紫红色的霸气礼服熨烫下，香油用起来，金镯子玉佩钻石夜明珠都找来，左手粗金镯子，右手透亮的玉镯子，脖子上，大金坨子珍珠项链混搭，十个手指通通戴上戒指。然后，带上上百个家仆前呼后拥杀过去。

其实，她早就有意和李婉来次正面较量，无奈贾充拦着，"别自找不痛快了"，言下之意，你跟她，没得比。睡过的这两个女人，他自然了解，不过，郭槐是不服输的主，拦也拦不住。

院子很安静，窗明几净，李婉从里面款款而出，长发及腰，略施粉黛，从容又得体，她不够凌厉，但就是有种说不出的气势。

在简单大方的李婉面前，郭槐隆重得像小丑，一个人上蹿下跳，来啊，比一比，看我多厉害，过得多好。可是她的对手，甚至不屑和她一较高低。

就这么被打败了。

郭槐"不觉屈膝，因遂再拜"，屈膝行礼，然后，再拜离去，出门后，脑子一片空白，等缓过劲，直懊恼得想死，刚才干吗了，为什么会这样，她可是来宣示正妻主权的，再说了，自己哪儿比她差了，竟然屈膝行礼，像小妾给正妻请安似的，明明她才是正妻好吗！

自后贾充每出门,"槐必使人寻之,尽恐充至婉处",生怕那两人再好上。刘义庆那本《世说新语》,专记名人八卦,像躲在人家床下偷听,生动得好笑。

常听说某人气场很强大,可是,气场究竟长什么样?

我没见过,但是,感觉得到。

衣服要贵重霸气,高大上的元素通通装上?配饰要足够隆重,金玉钻珍珠一样不能少?

其实,穿衣恰恰要简单,知道自己要传达什么样的形象,然后不断做减法,不适合的,毫不留恋通通拿走。

看着街上的女人们,总觉美得太复杂,一双高跟鞋,印花、铆钉、金片,还镶了一圈水钻,一下子把自己折腾得像不知所措的花蝴蝶。

就像郭槐,全身叮当作响,浩浩荡荡闯到李婉面前,只剩下——土豪,拼命掩饰的自卑无处遁形,用尽心思,不就是要秀一下,你看我多风光,什么都不缺,比你好多了吧?

不缺,你干吗秀?

煮字为药：

如果李婉也是这路数，并为自己不够华丽而自卑，就跳进郭槐的坑了，不接招反逼出对手的粗鄙，所以，她没有给郭槐机会，通过自己的落魄，证明她的辉煌。

李婉的气场，住在她心里，来自她的修养、阅历，她的"淑、美、才行"，就像郭槐的不自信，深埋在她心里一样。

气场只在心底，当你掌控了自己，你便把握了生活，剩下的，兵来将挡，水来土掩。

11. 杨艳：爱他，何不放了他

（杨艳，晋武帝司马炎的第一任皇后，晋惠帝司马衷的生母。）

你，要有大局意识。

总以为这是电影里的"洗脑话"，看了杨艳的故事，才发现，任何一项事业要做大做强，都需要大局意识。

杨艳是晋武帝司马炎的第一任皇后，两人感情很好，生了三男三女。

265年，司马炎逼曹奂禅位，建立晋朝，史称西晋，杨艳跟着成了皇后，他们的儿子司马衷被立为太子。

可是，很多人说，太子笨，池塘里青蛙呱呱呱，太子问："它们为公家叫还是为百姓叫啊？"周围人一时跟不上他的节奏，只好说，"在公家地里就是为公家叫，在百姓地里就是为百姓叫！"

这样的司马衷，唉，杨艳也知道，但毕竟是她儿子，暗地里也怨过，但是，也许、可能……长大就好了呢。

都说继承人是一个王朝顶顶重要的事，国家何去何从都看他的,所以,司马衷活在聚光灯下,越聚焦越觉得不对劲,甚至有人跑到司马炎面前,摸着他的龙椅,长吁短叹,"这个位子可惜,太可惜了。"

说得皇上心都乱了,跑来和皇后商量,太子好像不是那块料,国家交给他,朕不放心啊。

"立嫡以长不以贤,岂可动乎?"太子立长不立贤,一直是这样的啊,现在衷儿是嫡长子,理所应当是太子,哪能随便就废了呢?

司马炎很疼老婆,便听她的了。

杨艳长得很美,人又聪明,字写得也漂亮,女红更是一级棒,虽然如此,配炙手可热的司马家长公子,还是太单薄。曾经显赫的家世,到她这里,已经没落得不成样。杨艳很早就父母双亡,先被寄养在舅舅家,后来又跟着后妈过日子。

司马炎看上一个美女,猥琐地用扇子遮住脸,对杨艳说,卞家姑娘很不错哎。

杨艳眼睛都不抬,卞家三代是皇后,只当个妃子,太委屈了。言下之意,要不要我把后位让出?

瞬间灭了男人那心思。

司马炎待她,又亲爱又敬畏,杨艳什么都靠男人给,还能挟制他,想想都觉得好厉害。

杨艳挑的儿媳让人大跌眼镜,怎么会选丑、短、黑的贾南风?

司马炎反对,无效。杨艳铁了心,非那人不可。没错,贾家的女人万般不好,可是厉害啊,看她妈就知道了,像狮子一样捍卫自己的领地,皇上允许她男人有两个老婆,男人却连声拒绝,不要不要,一个正好。

杨艳去世时三十七岁,枕在司马炎膝上,提了两个要求:一是不要废掉太子,二是让堂妹继承她的位置当司马炎的皇后。

可恶的女人,快死了心心念念的还是自己,你老公是皇帝,求他不要废傻儿子,你想害死他吗?若他不答应,你怎么办?若他答应,你如何配得上他的深情?

司马炎泪水涟涟地答应了。

虽然不愿承认,对儿子的情况,司马炎其实心里有数,所以设计了一套复杂的辅政体系,安插了他认为最安全的人,厚待家族成员,放在重要位置。到处是司马家的人,江山必定不会落入外人之手。当初,他夺取曹魏天下的那一幕,想必不会重演。

290年,司马炎病死,太子即位,杨艳的堂妹当了太后,她的叔父杨骏把持朝政。

司马衷不管事,能干的王爷们内心躁动得一发而不可收,贾南风也揎拳撸袖,准备大干一场。她终于等到自己发挥才华的舞台了。

贾南风找来楚王司马玮,两人号称杨骏谋反,杀了他全家。行刑这天,杨太后抱着母亲号啕大哭,向儿媳下跪,请求保全母命,贾南风才不会同意,不仅杀了杨太后的生母,还把她饿死在金墉宫。

然后,汝南王司马亮、赵王司马伦、齐王司马冏、长沙王司马乂、成都王司马颖等一帮人纷纷卷进这场权力争夺,用最恶毒的手段自相残杀,暗杀、火烧、勒死,为了增加兵力,与外族合作,那真是个乱成一锅粥的年代,坚持到最后的是东海王司马越。但是,收拾完自家兄弟,他才发现,外面的敌人更可怕,鲜卑、乌丸、匈奴纷纷入侵，期待趁乱分杯羹。可是，面对外敌，内讧了那么久的西晋已无兵可战。

265年，司马炎建国，五十一年后，晋愍帝乘坐羊车，脱去上衣，口衔玉璧，侍从抬着棺材，出城投降。

西晋灭亡。

国破，家也亡了，覆巢之下无完卵。杨艳不让司马炎废掉太子所带来的蝴蝶效应，演变成了一场灾难，用西晋去祭奠，用中原陆沉去陪葬，洛阳沦为废墟，无数人尸横遍野。

司马炎是个宽厚的男人，史书说他平生"未尝失色于人"，脾气很好，一辈子没对别人大呼小叫过。内心笃定的男人才能温和，动辄暴跳如雷的人心里伤痛多、忌讳多，所以，不小心就会踩到他的尾巴。

可是，在后人心里，这位西晋开国皇帝的存在感那么弱，好像他的皇位是捡来的，结束三国纷争、平定东吴、太康之治，都不算什么。也难怪，和不忍废太子带来的灾难后果相比，他的仁厚不值一提，成就昙花一现。

政治家的仁原是大仁，仁万民，而非仁一人；政治家的成就不看人好不好，应由他的政绩说话。

司马炎身后呢，是被称为"八王之乱"的史上规模最大的内讧，一场触目惊心的王室内部大屠杀，"国家之祸，至亲之乱，未有今日之甚者也"，历时十六年，死伤无数，再然后，中国南北分裂了三百年，有人说那段历史是中华文明的倒退。

杨艳也成了反面教材，消极典型。

史书说，"二杨继宠，福极灾生"，两位杨皇后相继得宠，西晋的福气走到头了，还说"晋道中微，基于是矣"，西晋在如日中天时，忽然万劫不复，坏根就在她俩那。倚仗司马炎的爱，带来了所有人不能承受的结局，杨艳被钉在耻辱柱上，不冤。

煮字为药：

女人感性，也最容易感情用事，可是，在该用脑的时候用感情，往往会害了你，也害了身边最亲近的人。

杨艳聪明一世，全力保护自己的儿子，也只是保住了他的王位，却保不住他的江山。

一个人太聪明，就会反而愚蠢起来，步步为营地算计，最终只落得强人所难。子女如此，爱人亦如此。若真的爱一个人，为何不给他最适合的？大局意识，是让对方幸福，也让自己幸福。

12. 贾南风：想知道婚后她会变成什么样？请看丈母娘

（贾南风，晋惠帝司马衷的第一任皇后，贾充与郭槐的女儿。貌丑而性妒。）

贾南风不走寻常路，才当上的太子妃。

她公公司马炎阅女无数，品位很高，起先一口回绝了这门亲事："贾家种妒而少子，丑而短黑。"醋劲大、没儿子、丑、短、黑。司马炎还建议娶卫瓘的女儿："卫家种贤而多子，美而长白。"贤惠、子嗣多、肤白、貌美、大长腿。

看看这差距。

可是，她母亲郭槐不知使了什么法子，竟然搞定了皇后，很丑的贾南风便得到未来婆婆的力挺，司马炎很疼老婆，于是从了她。

挑个上不了台面的儿媳，杨艳是怎么想的？贾南风那资质，一般大户人家能不能嫁进还两说，何况太子？婚事一定，所有豪门适婚男青年都偷偷松了口气，洛阳母夜叉有主了。

不过，贾南风的泼辣凶狠，在别人那儿是缺陷，却正是杨艳需要的。贾南风的妈郭槐也是加分项，看看人家是怎样强势捍卫权益的,怎样凶狠排斥异己的,怎样尽心尽力辅佐男人的,有其母必有其女。

这个太重要了,因为她的儿子,太子司马衷智力有硬伤,皇上说过几次,让他当太子,心里不踏实,还好她用"立嫡以长不以贤"搪塞了过去。

公公说她家"种妒",进入婚姻生活的贾南风,和母亲有得一拼。"妃性酷虐",听说小妾有了身孕,贾南风拿起长刀劈过去,"子随刃堕地",胎儿随长刀落了下来。

司马炎大怒,雷霆万钧要休她出门,皇后温言劝道:"你忘啦,她爹可是大功臣。再说了,女人难免爱吃醋,上了年纪就好。"这话就是糊弄鬼了,妒、悍,郭槐一辈子也没改掉,让贾家绝了户,贾充也不敢怎样。

虽说缺点多多,可是维护老公,贾南风也毫不含糊。

很多人说,太子不是那块料,卫瓘还摸着皇上的龙椅,直叹"可惜可惜"。司马炎坐不住了,在宫中设宴,半途密送一份文件给太子,命速速处理。

看来,皇上只差一个决心了。贾南风知道是什么意思。

怎么办?怎么办?东宫的人都被要求参加宴会了,司马衷一脸懵懂时,她赶紧遣人去宫外找代笔,可是,满篇"之乎者也",看着也不像太子能说出的话。

此时,内侍一席话点醒了她:"不如就事论事,直接回答。"

"为我好答,富贵与汝共之。"贾南风说。

见到回复,司马炎喜上眉梢,传示群臣,从此再没人说太子脑子不好。

杨艳千挑万选的儿媳,确实适合儿子,可害死老公了。

290年,司马炎病死,太子即位,即晋惠帝,和历史上所有谥号"惠"的皇帝一样,他无力掌控局势,一生被他人挟持,吃尽了苦头。

贾南风成了皇后,很想站到更高处,可太后的父亲杨骏把持朝政,防贼一样提防她。太后杨芷是司马炎的第二任皇后,司马衷的生母、前皇后杨艳的堂妹。

杨骏排挤众人,引来公愤,贾南风利用这股情绪,策划倒杨,她找来楚王司马玮,请求发兵。

291年三月八日晚,朝廷忽然下诏,称杨骏谋反。

听到父亲有难,太后心急如焚,在绢帛上写:"救太傅者有赏",用弓箭射向城外。

拿到铁证,贾南风宣称太后与其父同谋,要将其废为庶人。大臣不同意,太后并没有得罪先帝,不宜废黜,应效仿汉成帝的赵飞燕,别居离宫即可。

贾南风不仅废了太后,还要杀她的生母。

行刑这天,太后抱着母亲大哭,剪去长发,自称"妾",向贾南风下跪磕头,愿做奴做婢,只求保全母命。贾南风不为所动。

其实这些再不堪,也不过一个家庭的悲剧,相比后来十六年的人间炼狱,三百年的南北分裂,都不算什么。

倒了杨骏,掌握大权的却是汝南王司马亮,贾南风不爽,司马玮更气得要死。某一天,贾南风忽然密诏司马玮,说司马亮谋逆,请其剿杀。

真是求之不得,司马亮于是被灭门。

可是,密诏有谁看到吗?凭什么那谁说杀就杀,大家议论纷纷。

贾南风也说，是啊，什么密诏，肯定是假的，竟然矫诏杀害朝廷重臣，大逆不道，不杀不足以谢天下。

第二天，司马玮被杀。

除掉这几人，再也没人阻挡她了，大权在握后，贾南风很是自在了几年。

其间，洛阳街头常有美男子失踪，被送到华丽无比堪称天上人间的宫殿，与一名身材矮小、皮肤青黑、眉后有颗黑痣的中年贵妇，睡上几天后，被拖出去杀掉。

现在的太子司马遹是贾南风入宫前，司马衷和别的女人所生。她号称自己有儿子，叫慰祖，可没人相信，假得太明显了，都知道那是她妹妹的儿子。

贾南风打算用慰祖代替太子，开始紧锣密鼓地为废太子造势，她的心思那么明显，连小孩都知道，洛阳街头有童谣唱："南风烈烈吹黄沙，遥望鲁国郁嵯峨，前至三月灭汝家。"

299年十二月，她谎称皇上生病，让太子来见。太子入宫后，奴婢径直前来赐酒三升。

第二天酒醒后，听到讨论废太子，司马遹才知道自己写了封大逆不道的信："陛下宜自了，不自了，吾当入了之。中宫又宜速自了。不了，吾当手了之。"

这这这，到底怎么回事？

贾南风如愿废了太子，但是，愤怒沸腾了。

有人联络赵王司马伦帮助诛杀贾后，匡扶太子，可是他与太子处得不怎么好，不如……让贾南风先除掉太子，然后，借口为太子报仇，杀了她。

司马伦差人放话，贾后怎么怎么坏，太子多么多么能干，扳倒贾后，扶持太子……

贾南风慌了，决定杀太子以绝众望，300年三月，她让情人、太医令程据配好毒药，结果，太子很小心，一日三餐自己动手，让她一时找不到机会。逼迫无效后，太子被追到厕所，棒杀。

时机成熟了，素日与她交好的司马伦，突然深夜闯进宫。

"卿何为来？"贾南风大惊。

"有诏收后。"

"诏书当从我这里出，你哪来的？"

"别管那么多。"

"起事者谁？"

"赵王，梁王。"

"拴狗当拴脖子，我反拴尾巴，也是活该！"

几天后，贾南风被毒死在金墉宫。

贾南风死了，可是，西晋走向万劫不复的多米诺骨牌已经启动，史家认为，司马炎在安排继任者人选上的重大失误造成了贾南风干政弄权，直接导致八王之乱的爆发，八王之乱结束十年后，西晋灭亡。

在一档很火爆的相亲节目里，女嘉宾说："婚后，他的工资卡要上交，全部，然后，我给他零花钱。"主持人插话，"这个可以商量吗？""不可以。""因为别人都这样？""不是。""怕他乱花钱？""也不是。""你确信还要他交工资卡？""就应该交啊。"主持人很无奈："姑娘，别沉浸在自己的世界里，多和你母亲聊聊，让她教你该怎么做。"

可是，长大后，我就成了你，说的难道不是女儿与母亲？

进入婚姻后，女儿无意识照搬原生家庭的相处模式，像母亲一样付出，像母亲一样要求，像母亲一样生气……要是找丈母娘聊，怕是聊完后更加坚信：工资卡？必须交。

煮字为药：

英国的一项最新调查显示：女儿在33岁后越来越像母亲，儿子在34岁后越来越像父亲。

这就是原生家庭对你的人格影响。

我身边很多人对父母的婚姻关系都不满，但却在结婚后不知不觉地复制父母的婚姻。

不美好的婚姻会遗传。

为了不重蹈长辈的覆辙，我们一定要清醒地认识父母的情感和性格缺陷。

完全规避很难，但至少我们可以适当地控制自己，当你想发火、想骂人、想砸东西、想控制另一半的经济人际甚至自由的时候……冷静地告诉自己："我不要过得跟他/她一样。"

13. 羊献容：世间最珍贵的，是那个能给你安全感的人

（羊献容，晋惠帝司马衷第二任皇后，八王之乱中几经废立。）

倾城之恋，羊献容绝对够得上这个词。

刘曜率领匈奴大兵攻陷洛阳时，在一群灰头土脸的宫女中，找到了她。

她是晋惠帝的第二任皇后，前任是丑而短黑、手段狠辣的贾南风。

吉时已到，准备起轿时，她的大红嫁衣忽然着火了，来不及更换，只好穿着焦黑的嫁衣，强颜欢笑嫁给司马衷。上一段婚姻就是这样，从开始就凄风苦雨的，她忍着熬着才过了这些年。

白痴皇帝司马衷，各路王爷盯上了他，一次次被掳走当傀儡，一会儿废，一会儿立，于是，羊献容便跟着一会儿皇后，一会儿庶人。

七年时间，五废五立，到后来，一个小小的县令都可以废了她，这样的皇后，当着还有什么劲？她是历史上被废次数最多的皇后。

第三次被废为庶人后，河间王司马颙觉得羊献容很棘手，让留守洛阳的司隶校尉刘暾处死她，刘却回："羊庶人门户残破，废置冷宫，门禁严密，若绝天地，怎会与奸人勾结？如果杀一人而天下喜悦，是社稷之福；如果杀一枯穷之人而令天下哀伤悲怜，有什么意义！"

司马颙大怒，派人来杀这对狗男女，可没等遂了心愿，倒先被堂弟司马越掐死，羊献容逃过一劫。

传奇里倾国倾城的人大抵如此。

瞅着皇上愚笨，为争夺权力，司马家的王爷们自相残杀了十六年，史称八王之乱，最后胜出者是东海王司马越。对手已经死得差不多，司马衷失去了作为傀儡的价值，307年一月，吃下一块馅饼后，倒地气绝。

新皇帝是羊献容的小叔子，晋怀帝司马炽追封生母为皇太后，羊献容只是惠帝皇后。

西晋手足相残时，边塞的少数民族纷纷趁乱建立自己的国度，并磨刀霍霍，准备到沸腾的中原分杯羹，而为了增加战斗力，司马家的王爷们也乐意引狼入室。司马越能取得最后的胜利，少不了鲜卑、乌丸等朋友帮忙，只是，内讧完了发现，外忧更甚。

311年，洛阳城破，皇宫一角，羊献容面如菜色，刘曜八面威风，一个是征服者，一个是亡国奴，一个生杀予夺，一个凭君处置，刘曜伸出援手，就像范柳原收留白流苏一样，收留了她。

可是，范柳原不愿娶白流苏，就是不给明确说法，逼她，引导她，让她主动开口要做他情人，如果不是香港沦陷，看到死生契阔，他没勇气"执子之手，与子偕老"。

刘曜却毫不犹豫给羊献容最好的，封她为王妃，八年后，登基做了皇帝，又封她为皇后，他们生了三个儿子，虽然早有长子，但刘曜坚持立他们的大儿子为太子。

匈奴人刘曜杀死太子，掳走怀帝，洛阳成了人间地狱，羊献容这厢却浓情蜜意，花好月圆。这些都是她的黑历史，比五次被废还要屈辱得多，堂堂大一统王朝的皇后，竟然委身胡人，生了一堆孩子，早知道故事会朝这个方向发展，不如先前被杀掉，大义呢？气节呢？奇耻大辱。

可是，很多人……竟然有点羡慕。

不只因为她三十多岁，生过孩子，还能迷倒众多女人虎视眈眈的猎物，更因为他们坚定地彼此牺牲，彼此成全。

刘曜不顾众人反对，封她为王妃、皇后，而她，得此一心人，白首不相离，千秋万世的骂名，义无反顾抛却脑后。

看到一种说法，西晋的灭亡成全了她的幸福。太不公平，应该说，和她的个人幸福形成鲜明对比的是生灵涂炭，尸横遍野，但是，就像先前羊献容无法决定废立，国家亡与不亡，她也无能为力。

在那不可理喻的世界里，谁知道什么是因，什么是果。谁知道呢，也许就因为要成全她，一个大都市倾覆了，成千上万的人死去，成千上万的人痛苦着……可是，关她什么事呢，她不过恰巧碰上了。

刘曜后来问她："吾何如司马家儿？"我和司马家的比，怎样？

后曰："何可并言？陛下开基之圣主，彼亡国之暗夫。"

根本不能相提并论好吗？

"妾生于高门，常谓世间男子皆然，自奉巾栉以来，始知天下有丈夫。"

我出身名门，总觉世间男子不过尔尔，自从侍奉您，才知道世上真有大丈夫。

刘曜欢喜极了。

听听，为了讨好现在的男人，拼命诋毁前任。

"有一妇一子及身三耳，不能庇之，贵为帝王，而妻子辱于凡庶之手。遣妾尔时实不思生，何图复有今日。"

她说的哪里不是事实？老婆、孩子、他自己三个人，司马炽都保护不了，贵为帝王，却让妻子一再受辱，当时都不想活了，哪能想到会有今天。嫁给他的六年，从没过上一天安稳日子，漫长得像熬过几生几世，而刘曜，从将军到皇帝，稳打稳扎，把前赵国经营得风生水起。

他站在那里，就是一棵大树，看到他，她就安心了。

"死生契阔，与子成悦，执子之手，与子偕老。"范柳原说这是最悲哀的一首诗，生、死、离别，都是大事，不由我们支配，比起外界的力量，人是多么小，多么小！可是我们偏要说，我永远和你在一起，我们一生一世都别分开——好像我们自己做得了主似的！

禁锢在羊献容身上的，除了生死，还有重重的精神枷锁，可是，我要和你在一起，永远在一起，至于其他的，我不想管，也管不了。

煮字为药：

这世上，总有些事我们不能保证，比如牵手注定白头，比如相爱必然长久，但我们却能找到一个合适的人，包容你曾经的全部，陪伴你今后的所有，让你安心。

对于羊献容来说，数代帝王妃，不过是一个个冰冷的称号，对于每个女人而言，无论经历过什么，都只是从前的故事，一生那么长，如人饮水，冷暖自知，唯有那个能带给你安全感的人，才是幸福真正的归宿。

14. 李贵人：一个不能保护你的男人，怎能托付终身？

（李贵人，北魏文成帝拓跋濬贵人，拓跋濬长子、献文帝拓跋弘的生母。）

拓跋濬和李氏，是典型的由性而爱。

一天，拓跋濬登高远望，不远处，一群人在擦窗扫地。他看到一个女人，再看了一眼，又看了一眼……

"此妇人佳乎？"怎么样？那个女人，漂亮吗？

左右皆曰："然。"漂亮！很漂亮！特别漂亮！皇上眼光就是好！

在一片讪笑声中，拓跋濬下楼，带走女人。

没来得及给个说法，拓跋濬又忙着外出了。他经常到处跑。

听到报告有宫人怀孕，常太后吓了一跳，第一反应是不会跟侍卫、太医有点事吧，如此，皇室的血统纯正还怎么保证？男女大防，历来是后宫高压线，谁踩谁死。

可是，宫女眉眼低垂，期期艾艾道，孩子，是皇上的……

常太后立刻将她隔离审查。怎么办？冷静！冷静！调查清楚再说。

口供有了，物证也有了，算来刚刚好。

虽然心里不快活，可常太后处理起来不敢不慎。拓跋濬年纪轻轻，却很有主意，不是几句话能糊弄过去的，万一弄不好，把这些年好不容易攒下的母子情分连本带利都赔进去，就亏大了。

大太监宗爱作乱时，常氏背着他藏到郊区皇家专用猎场，才躲过一劫，所以，拓跋濬对乳母感情很深，刚登基便封她为保太后，第二年干脆叫皇太后。

李氏很美，半生飘零，都是因为她美。

李氏是南方人，父亲是济阴太守，也算是官宦人家的小姐，拓跋焘南征刘义隆，打江南走过，他的侄子永昌王拓跋仁很喜欢李氏，索性顺走。李氏跟了他三年，地位是小妾。

452年，北魏太武帝拓跋焘在睡梦中被大太监宗爱杀死，宗爱此前趁拓跋焘长期酗酒，情绪不稳，挑唆皇上整肃太子府，整肃过程中，却把太子，也就是拓跋濬的父亲，吓死了。

宗爱跟太子有仇，求之不得，然而，皇上万分震惊，万分痛苦，酒喝得更多，情绪更不稳定了。

要是哪天皇上回过神，追究自己责任，后果不堪设想，思来想去，只有杀掉皇上，自己当摄政王，做赵高那样的人物，才可永保无虞。

宗爱胆大心黑，想到就做，他另立底子薄、不得不听话的拓跋余。时间一长，拓跋余也不服管，准备夺权，某个祭祖回来的深夜，宗爱杀了他，只有振威将军刘尼知道。

下面立谁？不知道，回去再说。

这个狂徒！跟着他能有什么前途？现在回头还来得及，刘尼知道许多人心仪皇孙拓跋濬。

于是，历史上的某一天，平城出现了这样一幕：

南部尚书陆丽抱着嫡皇孙，驰马飞奔平城。

振威将军刘尼跑向太庙，一路高呼："宗爱杀南安王，大逆不道。皇孙已登大位，有诏，宿卫之士皆可还宫。"

禁卫军全副武装，在殿中尚书源贺的带领下，将皇宫围成了铁桶，宗爱束手就擒，被灭了三族。

拓跋濬当皇上，叔叔们不干了，本来就想抢，何况你爹是被整肃的太子，如果父皇不死，说不定都废了。

拓跋濬在位初期，皇位争夺非常激烈，连祖父宠爱的侄子、堂叔永昌王都要来抢，拓跋濬毫不犹豫地除掉他们，甚至不惜杀无辜，他那几个年幼的叔叔，就是不能说的秘密。

永昌王兵败自杀，妻女充公，沦为宫婢，李氏便从长安到了平城。

拓跋濬回宫，看到美人楚楚可怜的样子，油然而生强烈的保护欲。那个温柔，那个体贴，那个奋不顾身，拓跋濬真的爱上她了！

这个女人，什么都没做，只是往那一站，就让拓跋濬一见生性，再见生情。为什么几千年来的诗词歌赋不厌其烦地写男女之情，还总能写出新花样，是因为在所有社会角色中，男人女人是最基本的角色，男女相悦这事，最是出于真心，人类生命的热情都贯注在里面了。

李氏有男人宠着，拥有其他社会角色便自然而然，而如果一个女人只剩慈母、女强人这类标签，注定她要牺牲很多，牺牲到内心无法平静。常太后只能走慈母路线，李氏拥有的情、性，都是她永不可能得到的。

她的这份心情，一千年后伊丽莎白女王或许能感受到，宣称把自己嫁给英格兰的伊丽莎白女王，得知婢女和侍卫通奸后，掰断了她的手指。

拓跋濬对她不好就算了，对她这么好，常太后看了来气，就想虐待她。常太后一边刻薄李氏，一边对嫡系人马冯贵人恨铁不成钢，成天给你创造机会，怎么就拴不住男人。

那是李氏一生最好的年华，她恍惚有种错觉，会天长地久，岁月静好。拓跋濬很宠她，大着肚子还夜夜造访，去哪儿都将她带在身边。

454年五月，拓跋濬巡幸阴山，得去好一段时间，李氏已经怀胎九月，虽然很不方便，拓跋濬还是带着，舍不得把她一个人扔在宫里。不久，阴山行宫，李氏生了个男孩，皇长子，拓跋濬特别高兴，下诏书，改元，大赦天下，皇子取名拓跋弘，李氏被册封为贵人，和冯贵人平起平坐。

在阴山行宫，拓跋濬自由自在，努力给李氏最好的，可他不能一辈子在阴山，总要回去做他的皇帝。

一回宫，最高兴的是常太后。终于可以名正言顺弄死李氏了。当初，道武皇帝为了防止子弱母壮，女人干政，便号称祖宗托梦，但凡谁的儿子被立为太子，谁就要被处死，所谓"子贵母死"。用这理由处死她，任谁都说不出什么。拓跋珪好不容易立起的规矩——子贵母死——已经成了碾压政敌的工具，没有生母，不过便宜了常太后、冯贵人这种没生孩子的女人。

皇上，立太子一事宜早不宜迟，太子定了，人心就安分了。

常太后款款劝道，拓跋濬深以为然，然后，他听到乳母轻拢慢捻："老祖宗有旧制，子贵母死……"

拓跋濬震惊了，他不想杀李贵人，可是，必须杀，因为她的儿子注定是太子，谁反对谁就是和列祖列宗过不去。

这一招太狠了！拓跋濬敬爱乳母，但现在，他感觉那种爱反噬到自己了。

在常太后冠冕堂皇、咄咄逼人的说辞面前，拓跋濬退缩了。他没有能力，也不敢去保护心爱的女人，乞求宽限时日的话终没有说出口。

他没勇气和李氏告别。

惊慌的李氏一直在等拓跋濬的到来，等他的庇佑，但她最后只等来了常太后。

常太后唱起了白脸，这里可有什么亲人？叫过来，你好好道个别……

最后陪伴李氏的，是干哥哥李洪之。

李洪之原来叫李文通，当过和尚当过兵，李氏还是拓跋仁的小妾时，老乡李文通打听到她大哥叫李珍之，于是改名洪之，号称是她堂哥。李氏无依无靠，也不考究真假，就认了这门亲。

李洪之的心情啊，用语言难以形容，伤感、窃喜、心潮澎湃，这项投资竟然获得了如此丰厚的回报。

"大哥，永别了！"

"二哥，来生再见！"

李氏每念一个名字，便紧紧抓着胸口，失声痛哭，"临诀，每一称兄弟，辄抚胸恸泣"。兵荒马乱的年代，分离总是很草率，可再草率也是真的，离家已经多年，再见却是永诀。

"父亲，以前，你逢人便讲，女儿将来会大富大贵，现在，女儿富贵了，也要上黄泉路了！"

中常侍奉太后之命一个个记下名字，是她在南方的兄弟们：李峻、李诞、李雅、李白、李永，不久他们会被接来享受荣华富贵，但是她的人生戛然而止。

干哥哥见证完这历史性的时刻，便自觉拿掉前面那"干"字，只说自己是李贵人的哥哥。

李氏的儿子被冯贵人接手抚养。生恩不如养恩大，冯贵人想复制婆婆常太后的成功模式。不久，冯贵人成功成为冯皇后，但是，拓跋濬看她一眼都嫌烦，她唯一的哥哥，那么多年，只是杂军将军。

李氏被追封为元皇后，九年后，拓跋濬驾崩，李氏配享太庙，同葬云中金陵。

漂亮女俘、逆臣小妾、皇上宠妃，李氏与拓跋濬的相遇足够跌宕足够华丽，可她何曾愿意？如果现世安稳，她不会被劫走，没被劫走，就不会遇见拓跋濬，那又会是怎样的生活？也许慵懒而悠闲，是富有的美人应该过的那种生活吧，嫁个条件不错的男人，能保护她，愿意保护她，然后生一两个孩子，直到年岁老去，也未必经历沧桑。

所以，拓跋濬，下辈子不要遇见了，愿与君长别离，生生世世。

煮字为药：

荣华、富贵、高位、浪漫……到最后才会发现，一切都不及一颗真心，护你周全，慰你心安。

我曾经的法国女上司，是一个坚定的不婚主义者，后来得知她的故事，十分感慨。

她的前男友是法国一家汽车公司的高层，富有而浪漫。两人关系稳定，计划结婚，但在一次晚宴后分了手，他们碰到了夜间的街头抢劫，男人丢下她躲进车里并锁上了车门。

他连保护你都做不到，还谈什么爱？

15. 冯太后：内心强大，方得天下

（冯太后，北魏文成帝拓跋濬的皇后。中国历史上杰出的女性政治家、改革家。）

465年，盛夏，响晴，没有风。

平城，北魏皇宫，一大团火苗直窜上蓝天，嘤嘤哭泣在剧烈的噼里啪啦声里传出很远。

贴身衣物，烧了。

某个方阵，男人举起刀，划破脸，血水汩汩滚下，这是他们表达悲痛的方式。

御撑器物，也烧了。

嫔妃、宫人又开始抹眼泪。

前排正中间的女人却没有一滴泪，只是怔怔地，怔怔地……

拓跋濬，你就这么死了？

你竟然就这么死了！

忽然，女人悲号着，飞奔跳进火堆。被人救回后，掐人中、浇冷水，好一番忙乱，她才苏醒，许多人感动得抹泪，并费心劝慰，皇后娘娘，节哀顺变，皇上不在了，您得好好的啊。娘娘和皇上青梅竹马，感情自是极深，只是，唉。

好像他们是天造地设、琴瑟和鸣的一双人，空余只影在人间，如何同生不同死？

一瞬间，女人放声大哭，她的角色本该是悲痛的未亡人。

拓跋濬，那个不爱她的男人，竟然真的死了！

曾经得不到的，她再也没有机会得到了。

拓跋濬在位十三年，"养威布德，怀缉中外"，不像祖父时频繁对外用兵，他与民休息，静以镇之，成效颇显著，初期各地叛乱不断，到他统治后期几乎绝迹。

太子拓跋弘即位，冯皇后那年二十四岁，成了冯太后。

最好的年华，日复一日用来等人，可眼望穿了，他还是没来，不过，冯太后拿得起放得下，过去的就过去了。

小皇帝居丧，冯太后垂帘听政，想欺负孤儿寡母的人很多，乙浑竟然不让皇上见人，有话通过他传，还要朝廷封他妻子为公主。

十月，朝廷诏回五位手握重兵的皇叔。这道诏书，乙浑不以为意，冯太后时机挑得好，每年冬日祭祖，镇将必须回京。

没有一点防备，也没有一丝顾虑，冯太后的人马就这样里三层外三层包围了乙浑府邸，带给他惊悚，不能自已。

乙浑伏诛，灭三族。

这一仗，打得漂亮！冯太后玩起政治来，挺像那么回事。

她很快看上了官场子弟李弈，并给他换了工作岗位：宿卫监——宫廷侍卫头头，方便多了。

嫡母恋爱这事，拓跋弘完全不能接受。

拓跋弘一心想除掉李弈,老丈人来点拨:李欣被告了,现关在廷尉……他和李敷是好友……李敷是李弈大哥。

经高人帮助,李欣的女婿到牢里与岳父促膝长谈:生存还是死亡,这是个问题,不是您要他死,是皇上要他死,他们这次不死,下次必死,别太内疚了。

三十条"隐罪",李弈被判死刑,这事很快定了性,昭告天下,冯太后奈何不得。

可是,没过多久,拓跋弘退位,当了太上皇帝,说是看破红尘,一心向佛,不过军权他抓着没放,还经常南征北战。冯太后继续给五岁的小皇上拓跋宏垂帘听政,她跟拓跋弘母子俩换块场地继续恶斗。

476年,部分将士接到太上皇帝密令:速回京城。

刚到平城,他们又接到小皇帝命令:分批撤离。

几日后,复归原位,朝廷下诏:太上皇帝暴崩。

小道消息满天飞，都说是太后干的，六月辛未日，那谁派人在酒里下毒……

冯太后终于成了女王，"威福兼作，震动内外"，关于她的传说，江湖到处都在流传。

内三郎娄提在殿外闹自杀，说太上皇必定死于奸人之手，就差点名了。

太后下令，赐帛两百匹，晋封真定侯，一时间，许多不满的火苗，被扼杀在萌芽状态。冯太后如此，并非以德报怨，后来，"宁可错杀一千，绝不放过一个"的事，她面不改色干了不少，只是，一个没有危险、没什么分量的人，她不介意敞开胸怀，春天一般温暖地对待他。

李欣，协助杀掉李弈的那人，竟然也一路高升，司空、侍中、镇南大将军、徐州刺史，加封范阳公。太后心胸很宽广，局势很稳定。

半年后，李欣忽然被诏回，当听到"卿家的谋逆之事，不妨细细说来"时，李欣的背上像有几千根芒刺一齐扎了下去。

谋逆？历朝历代扳倒权臣最好使、最斩草除根的说辞，莫须有便可定罪，他大意了，先前的加官晋爵，给他一种错觉：六年了，过去的，都过去了。

冯太后拥有优秀的领导能力，在这个鲜卑人建立的王朝，作为汉女，"多智略，猜忍，能行大事"固然重要，但是，最要紧的还是培养自己的嫡系力量。

冯太后用人很有一套，她不打感情牌，规则明摆着放那儿，真的做出成绩，回报很惊人，"抱道德、王遇、张祐、苻承祖拔自微阉，岁中而至王公"，几个太监，没几年便封王封侯，但是，没有太监干政乱政，她安排的多是具体工作，决策的权力没有下放。

冯太后有错必究，完事就忘，"左右纤介之愆，动加捶楚，多至百余，少亦数十。然性不宿憾，寻亦待之如初，或因此更加富贵"。左右犯错，动不动几十上百的挨鞭子，可是，她不记仇，当那个被揍的家伙一瘸一拐来上班时，会吃惊地发现，"女老板"没有同他生分半点，她讨论事情，分配任务，还和以前一样，甚至关心地问："伤怎么样了？还疼吗？"

也就是说，前途一点没受影响，太后不会因为下属犯了错，就轻易贴标签。这人行，于是什么都好；那人不行，便打入冷宫。犯错不可怕，只要改了，太后还是给机会。所以，"人人怀于利欲，至死不思退"。

这一招很绝，释放了如下信息：对你这人，我没意见，就是那事，你做得不好。她就事论事，否定行为，但不否定人格。

光阴流转，小皇帝拓跋宏长大了，开始明里暗里争权，在祖孙斗法中，冯太后败下阵来，可她发现，拓跋宏明明是鲜卑人，却带头穿汉服，说汉话，开口"忠"，闭口"孝"，生怕人家不知道他有多倾心汉文化似的。

入主中原已近百年，不合时宜的鲜卑旧俗怎么办？拓跋宏的答案是汉化改革，到了这一步，冯太后明白了，就算只是一枚棋子，他也要善待她，他们是一条船上的。

在一次宴席上，皇上与彭城王兄弟感慨，朕与你们，早年吃了很多苦……

那些苦自然来自她了，早先，她对他们兄弟甚是提防，谁知，话锋一转，皇上又过来敬酒，号称"仰恃慈明，缉宁四海"。

他有这认识，很好，主少国疑，没有她，拓跋宏的日子未必好过，想想作乱的乙浑等人，差点让大魏万劫不复。

看透这层，冯太后便摆正位置，配合皇上演好祖慈孙孝这出戏，合作愉快，自然走得更长远。

春水渡旁渡，夕阳山外山，站在方山之巅，冯太后向下望了很久。

"好山好水，哀家百年之后，愿葬在此地。"

大臣欲言又止。

冯太后清楚，本朝嫔妃都要葬在云中金陵，可是，她以什么面目去见拓跋濬，杀了他两个儿子，又背着他养了一堆男人。

"舜葬苍梧，二妃不从"，哀家不认为靠着先帝，才显得尊贵。

490年，冯太后去世，时年四十九岁。

拓跋宏悲痛万分，哭了三天，七天没吃饭，葬礼好不容易结束，又在墓旁搭了个茅庐，说不能因为贪图享受败坏礼教，要住下为太后守丧三年。在儒家文化里，忠孝是一枚硬币的两面，彰显"孝"，便是宣扬"忠"，顺便为汉化改革造势。总之，拓跋宏充分利用这场丧事，告诉世人他是多么孝顺。

煮字为药：

他不爱你，你的人生就会失去意义吗？对很多人来说，的确如此。但聪明的女子，懂得学着经营自己的人生，离开那个不爱自己的人，同样活得精彩纷呈，别样风华。

从被冷落的弃妇,到大权在握的女王,冯太后开路劈山,栽花拔刺,顺从者昌,忤逆者亡,遇鬼杀鬼、遇佛杀佛。总之,这一辈子,冯太后足够怒放了。

所有怒放过的生命,都不会遗憾。

16. 冯润：如果岁月可回头

（冯润，北魏孝文帝元宏第二任皇后，太师冯熙庶出的女儿，姿色妩媚。）

冯润在历史上名声很差，都说她不知足，老公那么好还养情人。可是，哪个女人不羡慕她？那个顶级高富帅，偏偏只喜欢她，能给的，都给了，不能给的，也变着花样给了，只要她要，只要他有。

拓跋宏是北魏第六位皇帝，鲜卑族人，不过，统一北方后，他完全主动地放弃鲜卑旧俗，带头穿汉服、说汉话、死后不归葬……

30岁那年，他下诏改汉姓，"王者，万物之元，改姓元。"所以，也叫元宏。

元宏3岁时，母亲被处死，因为他被立为太子。

老祖宗有家法：子贵母死，为防止子弱母壮，女人乱政。其实，没有生母，还有乳母、嫡母，白便宜了某些没生孩子的女人。

冯太后就靠钻了这政策漏洞，才事业登顶。小皇子出生后，立为储君，一来可以名正言顺逼死生母，二则，把他抱过来，从小培养感情，这可是张王牌。

所以，她迫不及待杀了元宏生母李夫人，以及太子生母林贵人。

为永保冯家富贵，她又把侄女们送进宫，皇上也到了该立皇后的年龄。冯润作为买赠，被打包给了元宏。

太后看重的是另一个侄女冯昭仪，大房生的，一进宫就封了昭仪，只等时机一到，便正位中宫。

可是，冯昭仪命薄，很快去世，冯润却牢牢抓住了男人，元宏眼里心里，全是她。

冯润入宫时正值豆蔻年华，元宏大几岁，那个年代，这样的年龄刚刚好，所以，他们是在正确的时间遇到的……不算正确的人。

但冯太后真的看不上这个侄女，咋咋呼呼，没个女儿家的样子，就那素质，自己的富贵都不一定保得住，还冯家呢？

冯太后这种女强人，执行力都特别强，碍眼的东西，出现的机会都不给。

冯润被逐出宫，太医说她咯血，要回家养病，十年八载也不见得好，所以，出去就别指望回来了。

皇上竟然无动于衷，那么多甜言蜜语，只是床上随便说说的吗？林贵人被赐死时，他苦苦哀求，轮到她，元宏连挣扎都省了。

还能相信谁？

那些年，元宏班俸禄，立三长，纳嫔妃，生孩子，一切有条不紊，风生水起，一点不像冯润，天都塌下来了。

又过了几年，冯润听说太后死了，再没什么障碍，皇上终于君临天下。

可是，元宏没有找她，他在给太后披麻戴孝，守丧三年呢，不止顾不上她，后宫的女人都不碰。

后来，他说自己要做天大的事，必须在太后丧事上大做文章。可是，这些鸿鹄大志，冯润不懂，懂不了。

元宏就是这样，冯润看透了，为了江山，什么都可以让步，女人又算什么。

之前，太后逼她出宫，他一点表示都没有，就是怕激化与太后的矛盾，即使一点点，也不要。

其实，冯润过得也没那么惨，她身边有个姓高的男人，江湖游医，伺候的还算到位，呃，其实她不介意这样，没名没分，享下等情欲。

则为你如花美眷，都付与断井残垣。

冯润本来以为生活就这样了，可是，元宏忽然出现了，就像多年前忽然消失一样。

也许是一个阳光明媚的春天，大片迎春花正开得妖娆，冯润推开院门，心里咯噔一下，屋内站了一个人。

元宏笑意盈盈站在面前，说要接她回宫，他甚至都不问，她愿不愿意。

还用问吗？

人人都说她应该欢天喜地，被弃多年的旧妃，皇上还惦记着，多么深的荣耀。

冯润入宫后，"宠爱过初，专寝当夕，宫人稀复进见"，别的女人连面都见不着，更不要说，皇上还像以前那样，轮流临幸嫔妃了。

大臣说他，那人答非所问，"妇人妒防，虽王者亦不能免，况士庶乎？"女人爱妒忌，朕也没办法，更不要说你们了哈哈哈……

都是被逐出宫，武则天是蛟龙在渊，刘娥用来韬光养晦，冯润呢，被刺激、被伤害，没有变勇敢，却不会爱了，她就是这样没用的小女人，元宏知道。

冯润回来，就是要、要、要，要多少，都填不满心里的空洞。

她不让他碰别的女人，他照办。

她虽是昭仪，可是，看皇后就来气。于是，冯润"谮构百端"。

496年7月，元宏下诏，废皇后冯氏，出家瑶光寺。

497年7月，元宏下诏，立昭仪冯氏为皇后。

她要当皇后，他……也给了。

没有一个女人能与她较量了。从此，母仪天下，傲视群雌。

还是不快乐。

她已经站到最高处，等等，瑰丽的风景呢？为什么只有山风呼啸而过。

一个月后，元宏再次御驾亲征。

其实，又是迁都，又是南征，元宏在宫里的时间很少，他工作很拼，亲政的那些年，始终保持百米冲刺的速度，做了那么多事，简直不可思议。

临终前，他跟六弟说自己"形疲稚年，心劳长岁"，所以，做他的女人，很辛苦。

冯润更空虚、更迷茫了，得到的，也不怎么样，得不到的呢？其实，她根本不知道自己到底想要什么。

没错，姓高的，她那情人，不及元宏千万分之一，但是，解救寂寞，他是一剂猛药。

世上没有不透风的墙，何况，她有那么彪悍的小姑子。

彭城公主守寡在家，冯润想把她嫁给哥哥，跟皇上说了，他也同意，就差订婚期，可是，公主不愿意，冯润于是硬来，单方面对外宣布，某月某日将迎娶公主。

婚期在即，公主却失踪了。

"公主密与侍婢及僮从十余人，乘轻车，冒霖雨，赴悬瓠，奉谒孝文，自陈本意。"

公主秘密与家仆十几人，冒雨奔赴悬瓠，当面告诉皇兄，不想嫁给那人。

既然告状，就告到底，反正撕破脸了，公主顺便"言后与菩萨乱状"，顺便把皇后偷人的事捅出来。

元宏的反应，《魏书》写道，"帝闻而骇愕"，怒、骇、惊、痛，真是生动，不过，他一向沉稳克制，很快恢复理智，把这事暂时盖了下来，除了彭城王，谁都不知道。

可是，他的病情忽然加重，史载，十来天不见大臣。

冯润害怕极了，那些事，小姑子告诉了吗，他会怎样发落？和妹妹一样，瑶光寺出家？垃圾一样被扫进冷宫，枯寂等死？还是，为雪耻辱，处死她和情夫？

哪一种，都生不如死。

可是，她实在找不出，元宏能原谅她的理由。

冯润事情越做越绝，着急忙慌寄托于巫蛊之术，期望元宏快快死去，"求托女巫，祷厌无所不至，愿高祖疾不起"。

她那地方多少双眼睛盯着呢，能给自己留条后路吗？

听说皇上正在赶回，已经到了邺城，冯润吓得不行，赏衣服赏银子，派一堆太监连番去关心，顺便打探那人到底知道多少。

像做了坏事的小女孩，仓皇地不打自招，她就是这样，一生都没有长大，都在他的掌控中，连做错事的反应，元宏都预料得到。

这就是她做坏事的证明，错不了，她用行动证明了，别人说的，都是真的。

心痛死了，痛得无法呼吸，痛得恨不能一刀一刀剜掉，先前，小心翼翼保存的一丝侥幸，终于，一点一点熄灭了。

皇上回宫，好些天了，还是没来，听说都宿在罗夫人那里。

应该知道了吧，以前，他绝不会这样。

得宠时，总是有恃无恐，冯润几乎忘了，如果愿意，他不缺女人。

谁不可以被替代？

他的世界精彩得眼花缭乱，三千里江山如画，后宫成群，寂寞花开花落，江山如手足，美人如……且不说女人，恐怕他自己，也未必重要。

做个聪明女人，隐忍地站在他身后那片阴影里。你来，我欢天喜地；你走，我不过多挽留；你忘了，我痛了，便沉默地整理好心情。

在深宫，想全身而退，这是唯一的路，早就注定了。

元宏见冯润最后一面，是在深夜。

我总是想象，那个冬夜雪花漫天，纠缠着发梢轻舞飞扬，在冯润眼前上下翻飞，直到迷糊了双眼，再也认不清来时的路。

今夜，她行色匆匆，只为奔赴一场离别，终结一段过去，完成一场永诀，今夜，没有夜归人。

蠢女人，为什么去挑战他的底线？

他一定伤透心，不会再接受她了。

含温室外，跪着一排人，她的情夫低垂着头，半夜三更，到底，还算给她留了几分薄面，或者说，互相留了几分情面。

侍卫挡在面前。

"搜身，如见寸铁，斩。"

这是元宏的命令，真是情意绵绵，那种又爱又痛，明明被伤害，还不死心的挣扎表现得淋漓尽致。

赌一把，再赌一把，你不是真的要我死，对我，你还是有真心的，只是太害怕了，所以不知所措。

冯润"顿首泣谢"，元宏于是赐座东厅，去"御筵二丈余"，两丈以外，遥遥相对，现在，他们的距离只能这么远。

"说吧，你们那些妖术。"他没有半句废话。

难堪的沉默，冯润请求屏退左右，元宏只留下长秋卿一人，冯润脸红一阵白一阵，还是不说，元宏便让长秋卿用棉花塞住耳朵，叫了他几次，都没反应。那一晚的谈话，于是"人莫知之"。

元宏让北海王、彭城王进去，说昔是汝嫂，今是路人，不用回避，元宏告诉二王这女人拿刀子扎我心，却不让废了她，因为冯家女子不能废了一个，再废一个，所以，你们不要认为我对她还有什么情分。

真是此地无银。

冯润这时候一定很想很想跑过去，抱着他痛哭，低声下气哀求，厚着脸皮告诉他，我错了，真的错了，不会再有下一次，原谅我吧，我们重新开始，好不好？

就像以前，撒娇要赖，他便无奈地笑着答应。

他们成了最熟悉的陌生人，元宏再也不去见她，他真的说到做到，那天晚上说死别，是认真的，生离就是死别，他有事问她，竟然通过太监传话，她气得大骂："天子妇，亲面对，岂令汝传也？"我是皇上的女人，他有事，为什么不和我当面讲，让你们传话，岂有此理……

元宏还是没来，他宣她娘家母亲进宫，告诉种种，冯润被母亲打了百来下。

元宏的事，冯润已经无权知道，就连又南征，也是拐弯抹角才听到，冯润并不知道元宏已经病得很沉，这一出去，就没打算活着回来。

前方战事紧张，南齐派了太尉陈显达，他是个狠角色，元宏再次亲征。

499年4月1日，元宏驾崩于谷塘原行宫，时年三十三，上谥号孝文皇帝，庙号高祖。

他就是大名鼎鼎的北魏孝文帝,以汉化改革彪炳史册。

冯润什么都不知道,只等来一纸诏令,赐她自尽。

她死得很没有风度,大喊大叫,不肯喝药,"官岂有此也,是诸王辈杀我耳!"他不会这样,一定是诸王要杀我。

关于她,元宏遗诏,赐死,合葬长陵。

你,生生世世,不准离开。

男女之间,最是冷暖自知。

冯润一定深深地温暖过元宏,所以,男人一见钟情,然后,用16年——他余下的所有日子,一往情深。

有些话不能告诉别人,有些话不必告诉别人,有些话根本没有办法告诉别人。

元宏不需要外人明白,那些话只关乎他们,只需说给她听,只要向她讨一个说法。

这份遗诏,还有后半句:三夫人及以下,皆遣还家,可再嫁。

三夫人及以下,其实是,除了冯润,元宏后宫的所有女人。

史书上看到这一段,我心目中的元宏,顿时光芒万丈,决定遣散后妃时,他一定原谅了,并对不能爱的女人,送上君子的祝福。

能给的——情意,权力,他真的都给了。冯润终于知道,自己拥有过一切,在即将失去的时候。

可是,没有岁月可回头了。

他的七个儿子,都出生在她不在宫里时。

有些困境，因着元宏的身份，其实在所难免。

元宏的人生理想，冯润理解不了，海绵里挤出来的闲暇时间都给了她，终究少得可怜。

可是，孤独的深夜，再刻骨铭心的思念，也不及拥着吻着，看雪花盛大绽放，缠绵着家长里短，来得动人。

情感这场双人舞，冯润跟不上元宏的脚步，被拖拽得好辛苦。

她那令人生厌、甚至有些不堪的面具后，躲着一个受伤的小女孩。

元宏看得到，所以，他原谅了，一边滴血，一边原谅。

谈到去世，元宏用了个字——灭，"困穷早灭"，人死如灯灭，风一吹，烟消云散，什么也留不下。

他一直是克制、内敛的男人。

譬如，写到志向，秦始皇放话，老子是始皇帝，二世是我儿，三世是我孙，四世是我孙的儿，五世是我孙的孙，N世是我孙子的孙子的重重重孙子，老子家世世代代当皇帝，千秋万代称王称霸。

这份霸气铺天盖地，席卷过来。

同样的意思，元宏是这么说的，"我迁都洛阳，南荡吴越，穿汉服，说汉话，改汉姓，与汉人通婚，这么多年，殚精竭虑，一时一刻不敢歇息，为了什么，就是想成就一番古代圣贤那样的光辉事业。诸位爱卿，好好辅佐我儿子，继续我未竟的事业吧。"

秦始皇一切向后看，极具攻击性，元宏则——朕这是向先贤看齐啊。

温润多了。

这么正点的男人，冯润，你怎么可以那样作贱，坏女人！

可是，真羡慕呵，那么好的男人爱她，爱到骨子里，爱得低到尘埃，恨不得把心掏给她。

很久很久以后，西方出现一本教人谈恋爱的神书——《爱的艺术》。字数不多，很经典，心理学家弗洛姆努力说服渴望爱情的人："如果没有爱他人的能力，如果不能真正谦恭地、勇敢地、真诚地和有纪律地爱他人，那么你在爱情生活里永远也得不到满足。"

煮字为药：

男女的情感，除去最初的激情，再往后的维系，莫过于珍惜。

《大话西游》里的经典台词:"曾经有一份真挚的爱情放在我面前,我没有好好珍惜,等到失去后,我才后悔莫及!人世间最痛苦的事莫过于此。如果老天能再给我一次机会的话,我会对他说三个字:'我爱你!'"

这也是冯润的心里话吧,如果岁月可回头……

17. 赵充华：假如有一个人认真了

（赵充华，北魏孝文帝元宏低级妃嫔。）

暗恋算不算恋？

你爱他，他不爱你，关于未来，他画了许多蓝图，每一张里，都没有你，忙了那么久，到头来，只感动了自己。这样的爱情没有什么意义？

可是，总有傻瓜奋不顾身，等着熬着，把自己放低到尘埃里，也不知道什么时候能开出花。

注意到北魏孝文帝元宏，是因为他的童年那么险恶，却丝毫没影响他成为敞亮的君子，有趣的男人，伟大的帝王、情圣……简直颠覆了我所受的心理学教育——童年几乎决定人的一生。

他只是笔直地朝向目标前进，其他的，都可以放下，包括个人的爱恨。

每一个情圣背后都有几个炮灰，看着他为别的女人流泪心痛，却依然撂不开手，很久以后，那个词怎么说来着，摆渡人。

赵氏都算不上摆渡人，元宏眼里没有她，这边受了伤，就找第二爱，她没机会摆渡。

赵氏是最早跟元宏的那一批人，不过出身卑微，恩宠又淡薄，所以，始终没位分，比宫女略高些。

元宏精力旺盛时，招惹过她几次，但她生下义阳长公主后，就被彻底抛到脑后。

不是所有女人都有王政君那等好命，一朝蒙君王临幸，便能十月怀胎，生出龙儿，还是根独苗，纵然此后，男人再没正眼瞧过她，这一辈子，母凭子贵，也足够人上人了。

义阳长公主后来嫁给卢元聿，卢元聿和他父亲一样，"无他才能"，"宽柔君子"而已，不过北魏看重出身，跟着他，也算荣华一世。

那些年，元宏轰轰烈烈地拼事业、谈恋爱，他爱上了冯太后的侄女冯润，可是，那个女人媚则媚矣，言行却不够大家闺秀，太闹腾了，看得出来，太后也不喜欢她。

元宏爱美人，更爱江山，冯润被逐出宫，他连句话都没有，可是，太后死后，他固执地要接她回宫，谁劝都没用，王遇搬出太后，元宏马上命有司搜集资料，弹劾他。

冯润一进宫就被封了昭仪，酒席摆得很隆重，冯昭仪虽说比皇后低了一级，可是完全霸占了元宏，"专寝朝夕，宫人稀复进见"，别人想见一面都难，完全不像以前那样，嫔妃侍寝轮流坐庄。

冯润要当皇后，他也给了，从此，冯昭仪成了幽皇后。

可是，元宏又要迁都，又要南征，没那么多时间陪她，她竟然把养病时的情人弄进宫。

爱过，痛过，努力过，即便有那么多伤痛，他的生命也足够丰盛了，不像赵氏，枯坐宫中，漫长的流年，都用来默默守着他。

"赐死皇后，合葬长陵"，元宏南征途中驾崩，这是他的遗诏，"三夫人及以下遣回，可再嫁"。

他一直是温润的男人，不像其他皇帝那样让人生畏，动不动喊打喊杀，他很少发脾气。

三夫人及以下遣回？

就是说，除了皇后，其他人都是自由身。

多么温暖的祝福，对跟过的女人，他算得谦谦君子，有情有义。

遣回也就意味着，从此以后，再无瓜葛了。

这有多残忍！

元宏很能干，在他治理下北魏盛极一时，他还很有爱，爱江山，爱美人，爱兄弟，爱人才……心里住过一个大英雄，怎么还容得下别人？

卑微无宠的她，安静顺从的她，倔起来，真的很死心眼。

一个个都走了，连罗夫人也要走，除了幽皇后，元宏最宠爱的就是她了。他们生了两个儿子，四皇子元怿和六皇子元悦，元家多帅哥，尤其是元怿，"风流之盛，独绝当时"。

可赵氏决定留下。其实再怎么样，守节的人也轮不到她，她最没必要留在后宫。女儿早已出嫁，宫里没什么亲人，元宏匀给她的爱微小得不值一提，级别那么低，简直不能算后妃。

可是，她偏偏是唯一一个。

元宏大概是不看重贞节的，他下诏学习贞女兕先氏，说她

"守礼履节，行合古迹，宜赐美名，以显风操"，多半是为了推行礼教罢了，明明他捧在手心的，是一个没有贞节的人，小姑子告到前线后，她吓傻了，竟施巫蛊之术，诅咒元宏早死。

他不会在意赵氏的苦守，可是，赵氏能做的，只有这些了。

一见元宏误终身。

赵氏心甘情愿枯坐深宫，守着那点可怜的回忆，酝酿出许多山山水水，在想象中，欢天喜地与他过完了一生。

罗夫人出宫后，又嫁了人，去世时，清河王想为母守孝三年都不行，大臣们说成何体统，她早不是先帝后妃了！女人改了嫁，进了别人家门，怎么能让前夫的儿子——前夫家的人，为她守丧？

而赵氏不曾属于过别人，日复一日地守节，为她积攒了足够多的资本，她愈发是他名正言顺的女人，所以，一千五百年后，出土的石板上清晰地刻着：大魏高祖皇帝九嫔赵充华墓志。

墓志说她"谦光柔顺"，一生无宠，却执意守节。她应该是安静的，柔顺的，很不起眼。

连死亡都静悄悄，十五年后，赵氏在睡梦中离世，时年四十八岁，宣武帝"震悼"，派大鸿胪奉诏至灵柩，追赠为充华——嫔妃最低级，以妃礼下葬。

苦乐年华君莫问，他自薄幸我自痴。

元宏对冯润，难道不是这样？明明被伤害，明明嘴上说着"今后便是路人""勿谓吾犹有情"，却不肯废掉她的皇后之位，连死了都要埋在一起。

假如有一个人认真了……那段感情即便很潦草，很单薄，或是可笑的单相思，也会动人得像一段爱情，因为，有一个人认真了。

相爱的才算爱，道理都懂，可是，每个人都有一段时光，不管什么道理，不想计较得失，狼狈不堪，却又理直气壮地给自己打气，说着"我爱你，与你无关"。

煮字为药：
一个人的爱情，只有一个人感觉幸福。痴心的姑娘们，总说"爱与他人无关"，那么，你爱的到底是那个人，还是爱上自己陷入爱情时的心情？

远远相望，默默守候，也是一种陪伴，耗费自己一生，换不来一次回眸，这样的执拗，令人心疼，让人惋惜，因为每个女子，都不该有感情的独角戏，因为每份真情，都该被小心珍藏。唯愿你爱着他人时，也记得好好爱自己。

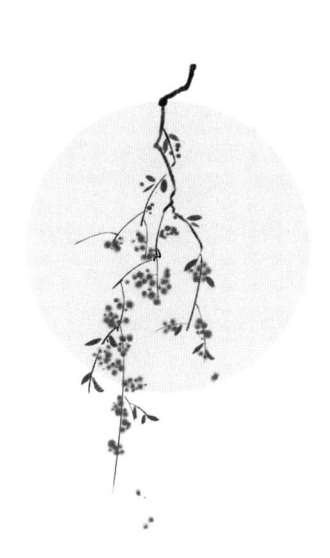

18. 高照容：父母相爱，是孩子最幸福的事

（高照容，北魏孝文帝元宏的贵人，宣武帝元恪生母。）

龙城地方官员奏报：高家有女，德色婉艳。

冯太后决定亲自去面试，她对龙城很有感情，祖先曾在那里建立一个小国北燕，因父亲被继母陷害，才和同母兄弟逃到北魏。

冯太后一见，"奇之"，眼前这女人真漂亮，同为女人，她都觉得秀色可餐，何况皇上。

除了漂亮，高照容什么都没有。在龙城，高家是被瞧不起的外地人，不过，他们脑子活络，心气又高，虽然报国无门，仍然胸有大志。眼看女儿出落得愈发水灵，围绕"此处有佳人"的舆论造势开始了，许多人听说了"高照容"这个名字，知道她身上曾发生过多么不可思议的事，还说她连续多天做同样的梦，阳光洒满全身，缠着她，赶都赶不走。

高照容成了元宏的女人，某种程度上也是太后的眼线。元宏演技超好，人前对太后那叫一个孝顺，言听计从，但是，那份孝顺软中带硬，做作却疏离，太后应该能感觉到。

元宏待她不好也不坏，他对谁都不坏，这样的温度，生儿育女也够了。

说到生孩子，高照容特别害怕，元宏正精力旺盛，她怕自己不小心生出长子，拓跋家有规矩，子贵母死，儿子被立为储君，生母就会被赐死。现在，整个后宫都在等某个可怜的女人先生出男孩。

拓跋珪强硬推行的"子贵母死"恶果已显现，在汉人皇帝的嫔妃争先恐后生长子时，北魏那群女人们忙着堕胎。

刚知道怀孕时，高照容简直成了惊弓之鸟，直到听说林贵人也有身孕，月份差不多，才稍稍松了口气。

483年，北魏宣布，四月二十九日，贵人林氏生皇长子元恂，闰四月初五，美人高氏生二皇子元恪，大赦天下。

元恂"生而母死"。

十年后，他才被立为太子。

元宏曾为林贵人求过情，但没用。太后怎么可能同意，没生过孩子的她凭什么大权在握，不就因为钻了漏洞，以"子贵母死"之名，赐死生母，抚养小皇子吗？

何况，为永保冯家富贵，她的两个侄女就要入宫了。

高照容站在一边，看元宏迎来他爱情生活的女主角，谈一场轰轰烈烈却无疾而终的恋情，看着他为另一个女人疯狂、心碎，然后，卑微地原谅。

自始至终，她只是旁观者，没有资格参与。

元宏宠爱冯润，简直到了溺爱的程度，冯润在宫里，不止高照容，皇后、罗夫人、袁贵人……整个后宫都失宠了。

高照容便再没机会生孩子了，还好，她已有两子一女，不像冯润，再怎么得宠，却一男半女都生不出。

元恪是次子，已经十五岁了，长成一个心事重重的少年，虽然只比太子小几天，待遇却差很远，太子被太后带在身边，亲自抚养，取名元恂，有最好的老师辅导他将来怎样当好皇帝。

元恪心里不舒坦，他不说，当娘的也明白，他和冯润走得很近，也好，她得宠，又没有儿子，也许能谋个好前程。

阴错阳差地，太子元恂不喜欢洛阳，趁父皇不在宫里时，要逃回平城，被废，497年一月，元恪被立为太子。

半年后，在去往洛阳途中，高照容暴毙。

流言传得很疯，都说是冯润下的毒手，为了把二皇子，也就是新太子据为己有。

元宏的处理意见是就地安葬，勿作久留。其他，并未提及。

皇上不想追究。

元恪499年四月登基，四月二十四日，追封生母高照容为文昭皇后，配享先皇。

以后，站在父皇身边，接受子孙祭拜的女人，就是她了。

没过几天，元恪又下诏，追赐外祖父高扬为渤海公，其嫡长孙高猛袭爵，追赐外祖母盖氏为清河郡公，封母亲二哥高肇为平原公，高肇弟弟高显为澄城公，四人同一天受封。东裔高氏，从门第寒微的外来户，一跃成为炙手可热的大族。

第一次见到皇帝外甥，高家人太紧张了，几句场面话结结巴巴，始终没说全乎，在当时沦为笑谈。

500年，为了给父母祈福，宣武帝下令开凿龙门石窟宾阳洞，历时二十三年，动用民力八十多万人次，其中最有名的作品叫《帝后礼佛图》。

北面是《皇帝礼佛图》，元宏头戴冕旒，身穿衮服，在禁卫军、百官的前呼后拥下，缓步前行。

南面《皇后礼佛图》与之相对，高照容着皇后礼服，莲冠霞帔，微笑着一手拈香。

《帝后礼佛图》雕刻手法极高超，人物无论远近、大小等同，但一眼便能看出主角是谁，皇上，悠然尊贵，皇后，娴雅雍容。

这个心机重重、谨小慎微的高丽女人，生前想都不敢想的东西，她的儿子给她了。

这就是元恪心中的父亲、母亲，仿佛他们是天造地设、情意缠绵的一对，至于坟墓里，和他父亲睡在一起的女人是谁，他才不管。

十几年后，胡太后执政，把高照容的棺椁移到元宏的长陵右面。

年深日久，沧海桑田……

墓前的石碑消失了，代表墓主身份的一切都消失了，守陵人换了一茬又一茬，换到他们忘了曾经的使命，长陵淹没进洛阳邙山古墓群，数十万或高或矮的土丘里，再也找不出。

洛阳市孟津县官庄村，有一大一小两座墓，大的高约二十米，小的十米，光秃秃两座土坡，当地人称"大小冢"。1946年，盗墓贼潜入小冢，拖出一方石碑，一千五百多年后，高照容墓志重见天日，根据墓志"祔高祖长陵之右"，元宏的长陵被锁定，便是大冢。

墓志残缺不全，冷冰冰的石碑上面有几个字，特别动人：天长地永……

谁的天长，谁的地永，谁的年华在后宫深处如水一般流走，寂静盛开，寂寞枯萎。

她的男人正和另一个他火热爱着的女人长眠于长陵。不过，元恪不会细想，每一个父母感情有遗憾的孩子都不会细想，想多了，心会痛。他们心里的家，永远是父亲、母亲，和自己。

生了两子一女，高照容到最后还只是美人，突然死在去往洛阳的途中，元宏内心平淡无波，高照容应该没能赢得男人的心，天长地永这样美满的词，用来形容她和元宏，并不合适，可是，她的儿子执着地用另一种方式，把父母定格成地老天荒。

看着父母相爱，对孩子来说，最幸福了。比对自己好，还幸福。

煮字为药：

心理学家萨提亚说："一个人和他的原生家庭有着千丝万缕的联系，父母相处的模式就是孩子学习的模式。"

现在很多家长都在变着法子宠爱孩子，给最贵的玩具、去最美的海滩、上最好的学校……这样的孩子却不如一个家境普通、父母相爱的孩子来得幸福。

因为，一个人最初的安全感来源于被爱。

父母相爱，然后共同爱孩子才是给孩子最好的礼物。

19. 吴景晖：你怎么可能从孩子那里找到幸福？

（吴景晖，南齐东昏侯萧宝卷的妃子，也是梁武帝萧衍妃子，两朝皇子萧综生母。）

一个姐姐，文艺女青年，总觉得老公中规中矩，不解风情，看到别人秀恩爱，就抓住机会教育，你看看人家怎样怎样，吓得男人一个劲往后躲。

忽然某天，姐姐不哀怨了，说老公是指望不上了，她找到了新的精神寄托——儿子，好好养儿子，将来就指着他孝顺自己。

我仿佛看到一出悲剧正上演，孤儿寡母，许多家庭都不同程度演出类似情节，妻子和丈夫处不好，转而从孩子身上寻找精神寄托，年深日久，习以为常，某一天，看到儿子领回的年轻女子，准儿媳，母亲却倍感失落，甚至觉得儿子被抢走，于是百般挑剔。

你永远不可能从孩子身上找到真正的幸福，和他生活最契合的人，不是你，陪着走一程，然后放手，这才是母爱的伟大之处。

吴景晖跟了萧衍才七个月，就生了个大胖小子，为此没少挨众姐妹奚落，哪有她们十月怀胎生的娃血统纯正。

萧衍建立梁朝成为皇帝之前，吴景晖是南齐皇帝萧宝卷的妃子，虽然不是最受宠，不过隔三岔五总会被翻牌子。

说得多了，连她自己也忐忑起来，搞不清儿子到底是谁的种。

萧衍人到中年，信了佛，恨不能舍身入寺，"南朝四百八十寺，多少楼台烟雨中"就拜他所赐，五十来岁更主动断了房事，吴景晖便和其他女人一道守了活寡，她做不到丁令光那样夫唱妇随，夫妻双双把经念，还好，她有儿子，那个小人儿只属于她，谁都抢不走。

想开之后，吴景晖便整天和儿子黏一块儿，萧综3岁封王，每次去封地，吴景晖必定跟着，儿子十五岁了，两人还是不避嫌地亲昵，赤身裸体，嬉戏于前，"昼夜无别"，当时的礼教不允许，不过，母子俩无惧别人瞠应的眼光。

光阴飞逝，男大当婚，儿媳是尚书令袁昂的女儿，年轻漂亮家世好，吴景晖却喜欢不起来，岂止不喜欢，简直讨厌、恨，复杂的情绪里还有一股她说不出口——嫉妒，是的，她嫉妒，嫉妒儿媳光明正大地占有儿子。

所以，她要折磨儿媳。

吴景晖管得很宽，连儿子和儿媳睡觉这种事都管，"恒节其宿止"，"遇袁妃尤不以道，内外咸有秽声"，对待儿媳尤其苛刻，恶婆婆名声远播。

萧综经常梦见一肥壮少年提着头，静静望他，他很害怕，便告诉母亲，吴景晖半挑拨半告知，你怀胎七月而生，哪能跟其他皇子比呢。言下之意，为什么皇上不待见你，为什么诸王不待见你，都怀疑你的身份呢。

诸王不待见萧综是真的，他的所作所为委实也招人嫌，往别人车子里放大便这种事都做得出，但说老皇上不待见，却是睁着眼说瞎话了，萧衍反而很偏爱，不过，在哀怨的灵魂里，任何行为都容易被解读成恶意。

萧综吃惊极了，原来自己是遗腹子，亲爹是前朝皇帝萧宝卷。

可是，他一再追问，娘亲也只表示可能、很可能，但……也不确定，不过，多半是。

"你是当今太子弟弟，为保富贵，千万不要说出去。"

母子俩抱头痛哭。

自从有了只属于两个人的秘密，吴景晖觉得自己和儿子的亲密更近了一层，但，诡异的是，她发现儿子慢慢失控了。

萧综夜夜哭泣，白天却谈笑风生。

他常常自关禁闭，披头散发，端坐膝上，以示向生父请罪。

萧综还在房里铺满粗砂，赤脚行走，足底长了厚厚老茧，说如此，便能日行三百里。

他还散尽家财，去笼络人心，弄得家里有时连饭都吃不上。

到了徐州，萧综下令，所有练树，通通砍杀，因为现在的父亲，小名练儿。

吴景晖很紧张，也劝过，没用，如果说，上述种种，让她胆战心惊，下面这件事，则让她恐怖到骨子里。

"以生者血沥死者骨，渗，即为父子。"

老话这样说，萧综决定亲自检验，他挖掘"生父"坟墓，盗来白骨，割臂出血，淋上，鲜血一滴滴渗入。

可是，万一……他又添了个儿子，白白胖胖，很可爱，直勾勾看着孩子，萧综嘴角掠过一丝不易察觉的诡异。等不及了，孩子刚满月，萧综便抱过来，"沥杀之"，杀掉孩子，放干净血。

埋葬了有些时日，他命人打开坟墓，取来白骨，割臂出血，淋上，鲜血一滴滴渗入。

再不用怀疑了。

萧综另外建了一处房子，摆上南齐七庙，偷偷祭祀。

这可是灭九族的大罪！

吴景晖已经没法左右儿子了，当初告诉他身份疑点，并没打算走到这一步，现有的荣华富贵，多好，再说了，萧宝卷又是什么好东西，当了四年皇帝，就没有正儿八经上过朝，躲猫猫、深夜赛马、挖洞捕耗子，最出名的是办菜场，他卖肉，潘妃卖酒，当时有民谣："阅武堂，种杨柳，至尊屠肉，潘妃沽酒。"

要说萧衍抢了他的江山，萧宝卷的江山得来才名不正言不顺，他父亲不念养育之恩，抢了堂哥的天下，杀尽萧氏一脉，都不敢去南郊祭天。

525年，老皇上夜观天象，知将有败军之将，担心萧综被生擒，便命令撤军。日上三竿，萧综却房门紧闭，吴景晖也不知道怎么回事，忽然，城外北魏士兵大叫："汝豫章王昨夜已来，在我军中……"

他竟然抛下亲爱的老娘，跑路去了敌国。

萧综在北魏受到高规格接待，皇上、太后出席，他为自己改名肖赞，繁体字里，赞是言字旁，萧宝卷的太子叫萧诵，偏旁一致。忙完这一切，他表示将为生父服丧三年。

看来，萧综决计是不顾母亲死活了。

吴景晖被押回金陵，废为庶人，孙子改姓"悖"，意为悖逆猖狂之人，萧衍很快原谅了孙子，要原谅她？也可以，但只能是死后，吴景晖被鸩杀。

萧综在北方的生活跟坐了过山车似的，"宠禄顿臻，颠沛旋至"，两年后，同在北方的叔父造反，担心说不清，萧综逃跑，北魏要求步行过桥，萧综却骑马一路狂奔，于是被捆了押送洛阳。太后知道，他和叔父往来不多，是清白的，便不追究。遭此一劫，萧综又官升几级，还娶了皇上的姐姐，可是，仅仅两年后，北魏大乱，乱兵想侮辱，公主不从，被一刀杀死，萧综逃跑，出家为僧，流窜于各座荒山。

世事一场大梦，人生几度新凉，梦醒后，无路可走了。

逃难中，萧综染上瘟疫，死时大概30岁。

8年后，梁人盗回遗骨，老皇上把他葬在身边，和其他儿子一样。

没有科学检验，萧综亲爹是谁，终究成了疑团，那两项检验，未免单薄，看他文章写得那么好，说不定真是大才子萧衍亲生儿子，萧家文学创作基因强大，文学界著名的"三曹""四萧"，三曹是曹操父子，四萧便是萧衍父子，萧综功力不够，没能挤进四萧，但是文笔很有家族的味道。

听钟鸣，听听非一所。

怀瑾握瑜空掷去，攀松折桂谁相许？

昔朋旧爱各东西，譬如落叶不更齐。

漂漂孤雁何所栖，依依别鹤夜半啼……

煮字为药：

失去了自我的女人是可悲的，因为她将所有的喜乐，都寄托在他人身上，比如她的丈夫，比如她的孩子，但这样的生活，滋生的是更多不幸，一个人的不幸，成为两个人共同的伤害。

这样的女人，会令人避之不及，仿佛一团恶气，望而生厌。因为她们失去的不仅是自己，她们就像一团病毒，伤了自己，还感染他人，实在可怖。

不要找别人要安全感，自己的孩子也不行。你不能是他的包袱，他也不是你的出路，好好地活出自我，去学习、去交友、去旅行……

20. 娄昭君：孩子都教不好，还说什么成功

（娄昭君，北齐神武帝高欢正妻，文宣帝高洋、孝昭帝高演、武成帝高湛生母。）

城墙上，男人正执戟站岗，"目有精光，长头高颧，齿白如玉"，姑娘看了一眼，再多看一眼，说："这才是我的丈夫！"

年纪轻轻尚未婚配的姑娘说这话，也不害臊，丫鬟吓了一跳，何况那人条件太差了，连她都看不上。

姑娘叫娄昭君，家是当地豪门，不是那种小富小贵，娄家世代王侯。

男人叫高欢，则是游荡在底层的外地人，祖父犯法全家被流放到怀朔，他寄养在姐姐家混口饭吃，老婆自然是娶不起的。

丫鬟催促小姐快走，小姐却让她记住男人，没多久，让她来找，主动示爱，还请他到自己家提亲。

做梦都想不到会遇到这样好的女人，高欢惊喜之余，一度怀疑自己遇到了骗子。

娄昭君的家人当然不同意，轮番上阵劝，之前提亲的那些，哪个不比这人强？有潜力？潜力能当饭吃吗？他大你五岁，还没成家，可见是没人看上。

娄昭君却认定了那人，贴钱贴物，还贴人。家里没办法，女大不中留，只好黑着脸匆匆把她嫁了。一边气，一边看不起高欢，除了好看还有什么？女人出卖色相叫人看不起，男人出卖色相更应该被鄙视。

据说高欢胸怀大志，认清局势，发誓一统天下，而娄昭君只是慧眼识珠。这种说法，未免太事后诸葛亮。

很难说，穷小子天生认定自己能成龙，还是在他有主见有胆识的妻子影响下，心才一步步变得更大。毕竟，他的家底太差，而北魏经过孝文帝汉化改革，正蓬勃发展，"葱岭以西，大秦以东，百国千城，莫不来附"，想在这样的国家造反，痴人说梦。

靠着娄昭君的嫁妆，高欢终于有了属于自己的马，有了马，活动范围就大了，身份也高了，可以做些上档次的工作了，高欢已经不当门卫，改做邮差了，往来送公文，专跑京城。

娄昭君在娘家时，丫鬟小厮千余人，衣来伸手饭来张口，嫁给高欢后，贫贱夫妻，样样都要亲自动手，不过，她为自己的选择负责，并不抱怨。

上司赏了几块肉，高欢坐下吃掉，贵族都这样吃饭，那捧着饭碗边走边吃边唠嗑的上司感觉受到了侮辱，很生气，打了高欢四十鞭，打得背上没一块好皮，娄昭君夜以继日地服侍。

日子就是这样艰难，一年，两年，三年……六年过去了，娄昭君都快老了，高欢还是一事无成。

又一次往来送公文，在京城洛阳，高欢目睹了一起骚乱，千余兵士手持石块、木杖打砸抢烧了安西将军府，将军儿子被烧死。吊诡的是，性质如此恶劣的暴行，政府却只是安慰一下被害者家属，其他不了了之。

高欢立刻捕捉到，北魏政府很害怕，不敢大张旗鼓地处理，生怕一提及，那股刻意忽视的情绪就会趁机爆炸。

孝文帝用自己高超的政治手腕，让大臣晕晕乎乎跟着他从平城迁都洛阳，然后以洛阳为中心，进行彻底的汉化改革，穿汉服、说汉话、改汉姓，这些还可以忍受，没有动到那部分人的奶酪。

最关键的是政治前途。

皇上看重汉人，还有随他南迁的鲜卑人，而留守北方的将士，也就是高欢的同事们，几乎没有升迁指望。

可怕的是，这样的人很多，北方六镇到处都是，那儿可是军事重地。

高欢不愤恨，他够不着，曾经辉煌过的人才有资格落寞，但重要的是高欢懂这股情绪，知道经济高速发展、文化繁荣昌盛的帝国内里的疮疤，知道愤怒还在酝酿发酵，咕嘟咕嘟……

澄清天下的宏伟蓝图，在眼前逐渐清晰，高欢认定北魏"为政若此，事可知也"，猜都能猜到，长不了。这样一想，他对上班赚钱、过好自己的小日子再没什么兴趣，好不容易攒下的家产，全拿了出去交朋友，家里更穷了。

男人的决定，娄昭君举双手赞成，深度参与，并充分做好了先苦后甜的准备。

可是，也太苦了。

最刻骨铭心的那次，高欢被前主子追命，马匹不够，娄昭君骑牛，背上拴着女儿，怀里抱着儿子，颠簸得厉害，儿子老是掉落。高欢一方面不想被耽误逃跑，另一方面，也害怕儿子成为俘虏后受虐，他张弓要射死儿子，娄昭君崩溃大哭，求段荣帮忙，这才保住儿子。

对高欢的无情举动，娄昭君理解并释然，大英雄总是异于常人，刘邦也曾多次把儿子推下车，看吕后后来那狠劲，应该恨得不行，娄昭君没有，她自觉地把自己放到暗处，全心全意为男人打点一切，比他想得还好。

高欢带兵打仗，前脚刚出门，娄昭君肚子就痛了，孩子马上要生了，似乎是难产，稳婆才发现是双胞胎，左右吓得没了主意，要禀报大王，娄昭君不同意："大王岂能因我轻离军幕，再说了，死生命也，他来也没什么用。"她一向以高欢为重。

高欢趁尔朱兆喝得烂醉，诱导他同意自己接管俘虏，然后带着俘虏和他决裂，结束了在别人手下讨生活的日子，有了自己的三万人马。

为了让俘虏对他死心塌地，高欢和心腹唱起了双簧，频频释放假消息，尔朱兆要你们回去，回去的生活你们也知道的，比死还难受。

尔朱兆之前刻薄俘虏，这番话，他们信，反正回去是死，不如跟着高欢奋力拼搏，拼出一个灿烂未来也未可知。

高欢一手抓兵力，一手塑形象，走过麦地，都要下马，生怕踩了庄稼。百姓很暖心，士兵很定心，遇到这样的好领导，没理由不拼命。

尔朱兆后知后觉，过了好些日子，才感觉不对劲，便带二十万大军来收拾高欢，正碰上怀着必死之心的高家班。

尔朱兆大败，自挂东南枝，大将带着包括他老婆在内的全众投降，高欢的实力像泡发的木耳迅速膨胀。

权臣尔朱兆倒了，高欢在他肩上站了起来，站得更高，成了高王，万人之上，一人之下，其实，那一人是傀儡，不算数。皇上求着娶高王女儿，进门就是皇后，想拉拢他，想让谁当皇帝，就是高欢一句话。孝武帝给他的信里，说得再明白不过，"生我者父母，贵我者高王"。

高欢事业做大做强后，女人也越来越多，大家族年老色衰的主母，免不了许多糟心事。高欢得了先帝的皇后，纳做小妾，高欢对前皇后很好，见必束带，自称下官，比对娄昭君好多了。

前皇后生了儿子，娄昭君照例亲自缝了一套衣服送来，看见孩子，很是欢喜，好像男人的孩子，便是她的孩子。

史书上说她"慈爱诸子，不异己出"，对别人的孩子和自己孩子一样疼，还说她"性宽厚，不妒忌"，对高欢的小妾很好，一点不苛刻。

对鲜卑人娄昭君来说，做到这样很不容易，鲜卑家庭主持门户的多是女人，"代儿求官，为夫叫屈"，她们有资本有能耐要求男人守身如玉，另一个鲜卑女人独孤伽罗便让老公发誓，绝对不和别的女人生孩子。

娄昭君就是这样，一生克制。既然要他成龙，大家庭的苦果，她也咽。

宇文泰向柔然求婚成功，形势危急，高欢也为世子求婚，可汗却看上人到暮年、手握权柄的高欢，世子毕竟隔了一层，若将来有什么变化，谁知道会怎样呢？女儿的幸福不重要，可汗表示，婚可以结，但必须高欢本人娶，且为正妻。

一大把年龄，让娄昭君沦为小妾，太对不起她了，虽然都是王的女人，可小妾和桌子板凳一样，是老爷太太的财产。

高欢还在犹豫，娄昭君已经来劝，王爷，请以国家大计为重，别考虑我。高欢万分感动，跪下道歉，同时难堪地提要求，"彼将有觉，愿绝勿顾"，她很快会发现的，咱俩不要再见面了。

娄昭君从此很难见到丈夫，一来不敢，二来高欢有限的精力都要用到公主身上。送亲之人是可汗的弟弟，成天逼他和公主睡觉，人家说了，见到外孙才回，偶尔一次生病没去，那人就站门口指桑骂槐。

公主还没生出儿子，高欢就死了，世子高澄接了他的位子，娄昭君复封为太妃，她为高欢生了六子二女，四个皇帝加两个皇后。

但是，如果事先知道，她应该会放声大哭。得是怎样的惨烈，才会儿女相继为帝为后，说明有人英年早逝，有人死于非命，说明儿子间的竞争异常激烈。

二儿子高洋逼孝静帝禅位，自己当了皇帝，改国号齐，史称北齐。李百药的《北齐书》写了这个家族的英雄事迹，也把他们的丑事昭告天下，酗酒、乱伦、裸奔、花式杀人。后人再看这个短命王朝，总怀疑他们是间歇性精神病患。

高欢死后，娄昭君过得尊贵而孤独。

孙子高湛当了皇帝便放开手脚花天酒地，此时，娄昭君已经病得很厉害，将死未死时，京城纷纷传，"九龙母死不作孝"，还编成儿歌唱，果然，娄昭君死后，高湛一天都没耽误玩耍，在一片惨白中，他穿着耀眼的喜庆红衣听小曲。

煮字为药：

每一个成功男人背后，都有一个默默支持他的女人。娄昭君似乎专为这个角色而生，跟高欢受了那么多苦，即便发达，也没求取过什么。

世人评价女人，总是着眼于她女性角色塑造得成功与否，因为那些不堪的后来，娄昭君变得黯然失色。

尽管史书上写的全是她的好，人们仍然满腹怀疑：你若真好，怎么家庭教育那么失败？

所以，别光顾着成就男人的事业和人生，孩子的人生更需要你的参与和引导。

21. 李祖娥：只有漂亮是不够的

（李祖娥，封号可贺敦皇后，北齐第一位皇帝高洋的妻子。）

李祖娥和婆婆完全不是一类人，史书说她"容德甚美"，靠着一张漂亮脸蛋，活得顺风顺水。不像娄昭君，好日子全是吃苦受累打拼出来的，好不容易安稳下来，男人却左一个右一个纳起了小妾。

大哥高澄被厨奴杀死后，原本拖着鼻涕、又丑又傻的高洋忽然换了个人，亲自搜捕刺客，"斩群贼而漆其头"，接手朝政，大小事务井然有序。宇文泰得到消息带兵来骚扰，被严整的军容吓得掉头就跑，连说"高欢不死"。总之，弟弟们还没反应过来，权力已经被高洋收入囊中。

高洋就是李祖娥老公，两人站一起，活脱脱就是美女与野兽，高洋那模样，在野兽中都算丑的，长得黑、踝骨畸形，还有皮肤病，一点不像那几个漂亮兄弟，连母亲都嫌弃，李祖娥却是美女中的美女。看到他俩，兄弟们内心颇不平静，大哥更是公开调戏过李祖娥几次。

李祖娥倒没什么想法，嫁鸡随鸡，嫁给高洋，就一心一意跟他过日子。

550年，高洋逼皇上禅位给自己，国号齐，史称北齐。

立谁为皇后，大臣争了起来，高隆之坚持李祖娥不合适，因为是汉人，想想你爹怎么起家的，不就是利用六镇将士对北魏汉化的不满，为了收买人心，你爹带头讲鲜卑话，打仗时"向前冲啊"喊的都是鲜卑话，现在事成了，你却要立汉女为后，岂不伤了大家伙的心？

他连人选都想好了，段昭仪，她母亲和娄太后是亲姐妹，顺便向太后示好。

高洋拒绝，非要李祖娥当皇后。

高澄先前讥笑他，长成这样也能富贵，死都不信。等他死了，得信了。

高洋是分裂的，英雄天子和酒鬼变态集于一身，一面英明，逐契丹、破柔然、平山胡，整顿吏治，劝课农桑，修筑长城，治理得北齐海晏河清，在当时鼎立的三国中实力最强。

高洋在位时，宇文泰每年冬天派人凿开黄河结冰，生怕他带兵来犯。

另一面，高洋疯魔起来也是相当吓人，他看上堂叔的歌姬薛氏，带进宫很宠爱，顺便时常去薛家，据说和她姐姐也有一腿，情到浓时，薛家姐姐为父求官，大官，司徒，高洋忽然变了脸，司徒是朝廷要职，岂是你能要的？

薛家姐姐自信吃定了皇上，又不关心政治。为了狠刹跑官风气，高洋在朝堂放一根木棒，但凡有人提及，不问青红皂白，先打死再说。薛家姐姐顶风作案，换了别人，一顿打骂，发配冷宫,就算死,也是好死,高洋却不,把她吊起,"锯杀之",锯死了她。

薛贵嫔更是死得毛骨悚然,本来日子好好的,高洋忽然想起她的来历,堂叔的歌姬,与堂叔也有过去。高洋气疯了,真的疯了,割下她的头,揣在怀里去别处赴宴,觥筹交错间,突然掏出头甩在桌上,滚了几滚,血淋淋一路,"一座惊怖,莫不丧胆",高洋又让下人拆下美人腿骨,做成琵琶,悠扬的乐声响起时,高洋泪流满面,哭唱"佳人难再得",真是要吓死人。

高洋酒瘾很深,不喝会死,喝了就发疯,疯起来天王老子都管不了。母亲看不下去,骂他,你父亲怎么生了你这样的儿子,他回骂,再说信不信把老太婆你嫁给胡人!母亲从此不肯笑,高洋满心想逗乐母亲,喝得烂醉时,忽然想到一个好主意,便偷偷躲在母亲床下,等母亲上去后,猛地举床。母亲摔伤了,没有惊喜,只有惊吓和惊悚。酒劲过去,高洋懊恼得不行,要烧死自己,母亲赶紧表示原谅,没事没事,你喝醉了嘛。这次教训太深刻,高洋发誓戒酒,足足戒了十天!

对母亲如此,更别提嫔妃,挨打是常事,只有李祖娥,始终被尊重,"独蒙礼敬"。

高洋当了十年皇帝,李祖娥过了十年好日子,三十四岁时,酗酒无度的高洋终于招来怪病,什么都吃不下,只好等死。太子还小,又仁弱,几年前为了让他杀人练胆,砍了三刀,那人头还没掉,高洋气得不行,抽了他几鞭,从此太子落下口吃的毛病。再看几个弟弟,正值壮年如狼似虎,有人脉有兵权,高洋是过来人,都懂,想来想去,便告诉三弟,"夺但夺,慎勿杀",皇位要夺便夺，但不要杀我儿。

高洋死了，大臣们聚一起干号，心里快活，实在哭不出，就算他当皇帝很不错，但是神经病发作花式杀人的毛病真心受不了，几个弟弟更是加速行动，尤其高演、高湛，那么明显，隔了几百米都感觉得到那些心思。

绝密书信到时，李祖娥正和姑姑叙家常，不是亲姑姑，族人，按辈分算姑姑，杨愔信上说，二王权力太大，放身边危险，打算找个由头外调以架空他们，到时候，娄太皇太后安置北宫，宫里的事全归您管。

蓝图很美，李祖娥看得开心起来，顺手递给姑姑，与她分享喜悦，好像她手里拿的是远方精美的明信片，而不是系了许多身家性命的绝密文书。

姑姑可是经过大风大浪的，先前高澄调戏不成，惹得她前夫造反，失败后，高澄盛装去牢房，问："今日何如？"姑姑便成了他小妾。

这是天大的事，知情不报等于同党，再者，眼前的笨女人，就是一只花瓶，不像能成事的样子。

姑姑转身，便去了太皇太后寝宫。

没有一点迹象，高演忽然戎服进入昭阳殿，太皇太后也气势汹汹，李祖娥和小皇帝被拉出坐下，高演痛斥杨愔种种恶行，李祖娥脑中嗡嗡作响，暴露了。

宫人来报，杨愔一只眼珠被打了出来，太皇太后喟然叹息，那就杀了吧，并不在乎让女儿失去丈夫。

李祖娥那天的表现很差劲，儿子口吃说不出话，她也跟锯了嘴的葫芦似的，只知道跪拜道歉。

一个武士在殿下大喊，只效忠皇上，其他人概不承认，两千披甲之士听命于他，李祖娥愣是什么都没敢说，武士收刀入鞘，泪下，高演的人马一到，便将他推出斩杀。

李祖娥被发配住昭信宫，还好儿子只是废为济南王，太皇太后一再表态，不许高演伤其性命。

李祖娥难得见到儿子，不知道他过得怎样，只是，高演皇上当得好好的，忽然嚷嚷着先帝要来报仇，还说看到先帝跟杨愔一路向西，边走边聊复仇的事。

复仇，什么仇，李祖娥心里很不踏实，高演也越发魔怔，大晚上让宫人高举火把，又把热油烧滚烫到处扬洒，说是驱鬼。太皇太后去探病，追问废帝现在何处，问了几遍，高演就是不吭声，太后气冲冲："你杀了他？不听我话，死了也活该。"说完离去，头也不回。

高演赶紧强撑病体，连连求饶。

李祖娥这才知道，二十几天前，儿子已经被杀，高演赐他毒酒，不肯喝，被生生掐死。

高演的幻听幻视、被迫害妄想愈演愈烈，每天什么都做不了，只是跪着求饶，十天不到，就死了。李祖娥有几分痛快，凶手已伏法，她也要收拾心情开始新生活了。

但噩梦才刚刚开始。

新皇上是高演弟弟，老九高湛，也是太皇太后娄氏的儿子，高演生怕儿子重复高殷的悲剧，干脆直接把皇位传给实力很强的弟弟，省得他抢，并留信要善待儿子，"我儿子没罪，好好待他，别学我"，像当初高洋一样恳求。

几个月后，娄太后死了，高湛心情欢快，再也没人管他了，想喝酒就喝酒，想上哪个女人就上。高家在这方面的底线低到尘埃里，不是生他的，不是他生的，都可以。

李祖娥那么美，早就想沾一沾，高湛喝得醉醺醺，来到昭信宫，李祖娥当然拒绝，高湛不屑，不同意我就杀你儿子。李祖娥只剩小儿子了，便从了他。

女人的悲剧之一就是，即使被强奸也会怀孕的。李祖娥怀孕了，惊恐万状，肚子还是一天天变大。哀家有喜，太丢人了。李祖娥整日把自己关在昭信宫，哪儿都不去，谁也不见，没脸。儿子来了，被拦在门口，便刻薄地叫她乳母，"儿子难道不知，你肚子大了，才不敢见儿。"

李祖娥无地自容，窗户纸到底被捅破了，女儿刚出生，"不举"，应该是被溺死或闷死。李祖娥心里烦乱透了，没法接受那孩子，可是，她没仔细算过账，这样做将自己和儿子置于怎样的危险境地。

高湛气得发狂，大骂，你杀我女儿，我为什么不杀你儿子？李祖娥的小儿子被押了过来，高湛用刀柄砸他，一会儿砍，一会儿捣，打得极凶狠。李祖娥哭得撕心裂肺，高湛听了更气，又动手打她，剥掉她衣服，打得血肉模糊。

李祖娥被装进布袋，扔在宫里某处水沟，池水被血水染红，许久醒来，简单敷了药后，坐上牛车去妙胜尼寺，当了尼姑。

又过了十来年，宇文邕大军压境，北齐灭亡，李祖娥曾经做过前朝皇后，作为俘虏被押送长安，没几年，宇文邕出师未捷身先死，儿子即位，只当了两年皇帝，临死时让老丈人、隋国公杨坚辅政。

新皇才八岁，办丧事时，杨坚心思就活络起来，妻子更是差人送信，"大事已然，骑兽之势，必不得下，勉之"，鼓励他勇敢向前冲，第二年，杨坚便给小皇上赐了杯毒酒，自己当皇帝，改国号隋。

变了几重天后，李祖娥这样的前朝俘虏被推向社会，迟暮的美人回到老家，无儿无女，孤身住在赵郡老宅中。

煮字为药：

昔我往矣，杨柳依依，今我来思，雨雪霏霏，隔了几十年的漫长时光回望，李祖娥还能看到当初离家时的自己，真是明艳照人，物是人非事事休。

该如何总结这一生，时运不齐，命途多舛？也许是吧。可是，人生那么漫长，只有漂亮原本就不够，想要提升抗打击能力，总得来几样别的技能加持，比如聪慧，比如练达。

22. 阿史那：没有爱情的婚姻，不会幸福

（阿史那氏，北周武帝宇文邕的皇后。）

宇文邕等了阿史那很长时间，八年里，他的皇后之位一直空着。

木杆可汗实在拿不定主意，该把女儿许给谁，才能实现突厥王国的利益最大化。没错，他是答应了宇文邕，可是，也许嫁给北齐皇帝高纬更合算。

木杆可汗一边纠结，一边厚着脸皮悔婚，宇文邕不在乎，被悔婚了，便没事人一般，再次求婚，毫不犹豫。

他没有见过阿史那，不知道她美不美，温柔不温柔，不过，没关系，他的个人幸福不重要，重要的是，她是突厥公主，谁娶了她，谁便争取到了强大的突厥。

565年，宇文邕声势浩大地去迎接他的新娘，使团从长安出发，两年后，才到达突厥牙帐，看到齐人也在，他们心都凉了。

不出所料，木杆可汗又反悔了，还说，这门婚事还处于商议阶段，压根儿没有说定。

忽然，草原上狂风大作，电闪雷鸣，连着十几日昏天黑地，突厥人的穹庐毁损大半。

木杆可汗主动上门，一个劲儿地道歉，是自己三番五次悔婚触怒了天意，才遭此惩罚。"天谴啊天谴，"木杆可汗念念有词，"我已备好仪仗，请速速带走阿史那吧。"

下一个春天，阿史那终于到了长安，远远看到夕阳下，城门边，一个身影被拉得很长很长。宇文邕亲自出城迎接，虔诚得一如当初求婚。

宇文邕盛装等候，婚轿停下，众人跪下，山呼"吾皇万岁万岁万万岁"，宇文邕径直走来，牵过她的手。

阿史那应该是欢喜的，宇文邕二十五岁，周身散发着成熟男人的魅力，父亲也是大英雄，但远不及他这般儒雅内敛。

宇文邕也被惊艳到了吧，谦恭地一再求婚时，他绝没想到阿史那竟这样美丽。

红毯上沉默前行的两个人，真是一对盛世男女。

阿史那惊惶又笃定，任由他牵着手，领着自己一步一步，走向另一段未知的旅途。走过那扇门，便不能回头，从此，故乡山长水阔。

这样的开始，很美好，可惜与爱情无关。

阿史那成了宇文邕的皇后，他对她，应该算很好，相敬如宾，举案齐眉，所有皇后该有的待遇，他都给，任何人都无法指责什么。

可是，他不愿意碰她。

阿史那相信自己是美丽的，"有姿貌，善容止"，可是，宇文邕的眼神如冰冷的寒潭，深不见底。多么悲哀，一个男人对女人只剩下敬，没有爱。

宇文邕的婚姻本不属于自己，属于北周，和谁结婚最有利，他便选择谁，等到最合适的女人成了皇后，剩下的，便是演好皇帝与皇后相敬如宾的戏了。

他的冷漠，连小孩都看得出。

宇文邕的外甥女才六七岁，某天，一本正经地告诉他，"四方尚未平定，而突厥强盛，愿舅舅抑情抚慰，以天下苍生为念。还须借助突厥之力，则江南、关东不能为患。"舅舅，你对舅妈好一点，现在边境不太平，只要突厥肯帮助，江南、关东便不敢怎么样。

宇文邕沉默了很久。

后来，阿史那听说，不是她不好，而是宇文邕不敢靠近，怕万一爱上，心就乱了。他还有一个更大的计划，那是阿史那注定不愿看到的。

572年，不动声色隐忍了十二年后，宇文邕在母亲的宫里，趁着大冢宰宇文护劝太后戒酒，忽然，拿起玉珽，猛击其后脑，宇文护应声而倒，党羽被连根拔起。

宇文邕终于君临天下，然后，用了五年的时间消灭北齐，统一北方。

再然后呢，故事应该往哪个方向发展？

阿史那当然知道，灭突厥，平江南，天下大一统。

他要对自己的娘家开战了，不是你死，就是我亡。这一天来得太快，无论谁亡，阿史那都不会再快乐了。

宇文邕不必再迎合阿史那，他还是会来，说着不咸不淡的话，笑得客气而疏离，他们总是这样若即若离，互相欣赏，但永远不能靠近，他不敢，而她不能。

咫尺天涯。

皇上驾崩了……驾崩……了……

阿史那过了许久才明白这句话的意思，她是该哭还是该笑？该庆幸娘家少了强劲的敌人，还是痛苦自己二十八岁便没了丈夫？

宇文邕说人的寿命长短都是天意，"随吉即葬，葬讫公除，四方士庶，各三日哭"，然后该干吗干吗。

太子宇文赟即位，父亲生前管得太严，现在终于翻身做了主人，他每一天都用来如饥似渴地享受生活，同时册立五位皇后，其中一位杨丽华，她的父亲叫杨坚。

一年后，嫌当皇帝太累，宇文赟退位给六岁的儿子宇文阐，自己当了太上皇，第二年，宇文赟驾崩，时年二十二岁，遗诏隋国公杨坚辅政。

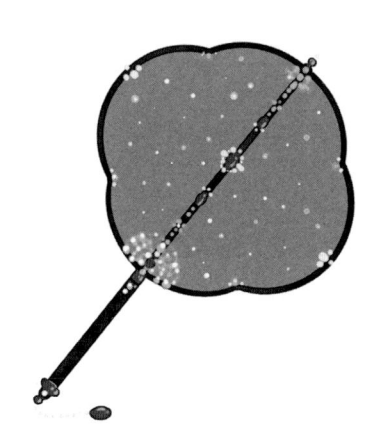

几个月后，宇文阐被杀，杨坚称帝，国号大隋，史称隋文帝。

阿史那和其他女人们木然离开皇宫，还好，她的娘家是突厥，隋朝皇帝也忌惮，对她很是礼遇。

不像那个李娥姿，被逼出家，法号常悲，然后，看着儿子、孙子，一个个被杀。亡国子孙，向来没有活路。

宇文邕，都看到了吗，你走了不过三年，天都变了，怎么会这样？风流总被雨打风吹去，何其迅速，阿史那太累了。

582年，阿史那去世，与宇文邕合葬孝陵，宇文邕要求"不坟"，不要坟堆，无需祭祀，千秋万岁名，寂寞身后事，他不在乎。

简陋的墓室，也是阿史那的长眠之地，因为"不坟"，地面没有标志，很快，再没有人知道孝陵的位置。

那个要宇文邕善待她的小女孩，多年后，生了个儿子，叫李世民，对的，就是唐太宗李世民。

煮字为药：

公司技术总监离职后，S和我成为最大的竞争对手，我们背景资历相似，表面看不分伯仲。

最后得偿所愿的是S，我输得心服口服。

在马云提出"996"的2年前，S就一直这么要求自己。她已婚，但跟单身没什么区别，不回家，常出差。

我私下恭喜S，她笑中带涩："有什么好恭喜的，我只剩下工作。"

S和她老公相亲认识，按部就班结婚，公司聚会别人都带家属，她却总是一个人……

　　结婚并不代表有爱情，自然也就没有幸福感可言。所以，当初为什么要结这样的婚呢？如果说阿史那是时代的牺牲品，那你为何不能掌控自己的人生？

23. 徐昭佩：用爱的方式去表达爱，是必须修炼的能力

（徐昭佩，梁元帝萧绎的正妻，史称"半老徐娘"。）

琅琊榜播到一半，都教授被换了下来，闺蜜的手机背景成了靖王殿下，冬夜庭院，男子茕茕孑立，面容俊朗，眉目如画，雪花缠绕着他的发丝轻舞飞扬……

闺蜜很是好奇："真有萧景琰这人吗？"

"据说是南朝梁元帝。"

"……"

"他老婆就是半老徐娘。"

诗书画三绝的大才子，坐拥千里江山的皇帝，到头来，人们谈论起萧绎，却绕不开他的满头绿帽子，和他那放得开的老婆徐昭佩。

517年冬天，徐昭佩欢天喜地嫁给萧绎，成为湘东王妃。

可是，老天好像不祝福。出嫁那天，从郯县出发时，天气尚晴好，到了西州，忽然狂风大作，冰雹、雪花扭作一团，打得婚轿啪啪响，受惊了一样。

打开小窗向外望，徐昭佩心凉了半截，原本耀眼的热烈的喜庆红色帘幕，不知何时，覆上一片惨白。

看萧绎和徐昭佩到后来，互相折磨也不放手，总觉得年轻时，也曾经好过，传世名篇《采莲赋》是不是就写在某次出游后？

"紫茎兮文波，红莲兮芰荷。绿房兮翠盖，素实兮黄螺。夏始春余，叶嫩花初。恐沾裳而浅笑，畏倾船而敛裾。"

远处，有歌声飘来，似有若无："碧玉小家女，来嫁汝南王，莲花乱脸色，荷叶杂衣香……"

莲花乱脸色，荷叶杂衣香，乱，杂，色，香……某个下午，我坐在光影跳动的窗边昏昏欲睡，想到这两句诗，心忽然狠狠动了。

半夏时光，清风微凉，阳光穿枝拂叶，绿茸茸地撒向流淌的河水和呢喃的男女，风起时，光影斑驳错落，于是，花、叶、色、相不动声色地乱了，杂了。

就算徐昭佩陪着萧绎采过莲，他们那漫长而惨淡的婚姻生活里，也不过是仅有的一抹亮色。

她和萧绎，其实从开始就不合拍。她率性，萧绎却什么都埋在心里，他喜欢看书，忙了一日后，便找人读给他听，负责晚上的侍读以为他睡着了，想糊弄，便跳过几页，萧绎总是马上就醒，让从头读起。

萧绎还亲自著书立说，发誓要有一番成绩，非常刻苦，其实不那么辛苦也有优越的生活，萧恭就一脸沉痛地劝他，该吃吃，该喝喝，历史上写书的多了去，千百年后谁记得谁？

大梁皇帝是资深才子，琴棋书法诗酒画，无一不精，在他的引领下，全国上下一片风雅，公务员纷纷脱离低级趣味，不再炸金花、斗地主，而以写诗作画为美事，极大地推动了本朝文化事业的繁荣昌盛。这一段旧事，《南史》作者李延寿评价，自东晋以来，已逾两百年，"文物之盛，独美于兹"。

大小宴会，分韵写诗是保留项目，萧纶分到韵，提笔唰唰完成一首诗：湘东有一病，非哑复非聋。相思下只泪，望直有全功。

很押韵，聋、功二字，很标准的押韵，嘲笑萧绎，人就是这么直白。

湛蓝的天空，挂一轮明月，清风悠悠，暗香浮动，她的脸，便在摇曳的花影间渐渐清晰，男子不觉看得痴了，一行泪水，从他残存的那只健康眼里静静落下……

也许因为身体残缺，萧绎才要格外努力证明自己。

飞鸟和鱼的婚姻，说的大概就是他们，徐昭佩大大咧咧，"荡舟心许，迁延顾步"，这份婉约，她理解无能，"恐沾裳而浅笑，畏倾船而敛裾"，她也做不出。

从萧绎眼里，徐昭佩看不到自己，他不打不骂，没有女人左一个右一个不管腥的臭的都往屋里拉，冷落是什么鬼？可是，滋味真难受！

萧纲也是"诗癖"，但不妨碍人家两口子卿卿我我，连老婆午睡都要写首诗，告诉别人他老婆睡着的样子多好看，哪像萧绎，不可一日无书，却几个月对老婆不闻不问。

她想象的夫妻生活，不应该这样。

她想要被放在心里，捧在手中，望在眼里。

她想要的是争吵以后，彼此拥抱用力得生疼。

她想象的女人，不被爱，毋宁死。

自从王贵嫔入了湘东王府，萧绎对她更爱理不理，不过，每隔一段时间，据说"三二年"，总能想起她，去尽尽夫道。

这是可怜她吗？

这么多年，就算一块石头也焐热了，萧绎还是那么冷，黑洞一样，无论徐昭佩的情绪多热烈多激烈，都不会有任何回应。

也努力过，儿子已经十岁，再熬一个十年，又怎样？萧绎也对她笑过、温存过，可是，仅有的一丝美好，就像红烧肉，再鲜美，咀嚼了那么多次，也早没味了。

再不想努力，既然不能更好，就更坏吧……

可是，心怎么这么痛呢？浸泡了那么多耻辱，想要死心，还是很艰难。

精美的铜镜里，女人一笔一画地描眉，涂腮红，抹胭脂，无比隆重，无比精心，化好妆后，拿起绸巾，擦掉一半。

萧绎一只眼，为他画半面妆，足够了。

史书上说，徐昭佩长得丑，萧绎不待见，所以她由爱生恨，恨极报复，可我总想，美男子徐孝嗣的孙女，能丑哪儿去。

此后，萧绎每次来，徐昭佩要么喝得烂醉，吐他一身，要么画半面妆，严阵以待。

萧绎继续"大怒而出"，过阵子再来，徐昭佩继续在半边脸浓妆艳抹，萧绎又是"大怒而出"，过阵子再来，徐昭佩又是后现代魔幻派妆容……

疯女人！不可理喻！

萧绎再也不来了。

王贵嫔又给他生了个儿子，美妾幼子，其乐融融，至于那人，提都别提。

春暖花开时，荆州城疯传一则桃色新闻：徐姓贵妇私通瑶光寺智通和尚，孤男寡女独处许久后，方依依不舍离去……

萧绎干净利落地杀了智通和尚，对她连半句话都没有，后来，徐昭佩和不受宠的小妾打成一片，交杯接坐，王府上下就他好像不知道。

冷暴力太伤人了，冷，冷得她好像不存在，冷得她好像不配存在，冷得她成了什么都不是。

花钱找人嫖自己，还不容易吗？

杀了智通和尚，还有后来人！

恶心他，这是徐昭佩唯一能做到的了。

大凡男人这种生物，外面再能耐，只要老婆让别人睡了，他就是那人的手下败将。

徐昭佩成功了，萧绎的尊严被踩在脚底，她这次勾搭上的是暨季江，萧绎的随从。你不是看不到我吗？我就和你身边跑腿的私通，看你脸往哪搁。

到这份上，她已经不挑了，只要男的，活的，能用就行。

作践自己，就是作践他，他痛苦，就是她快乐的源泉。

嘿嘿，滋味如何？有人问暨季江。

只听长叹一声，"徐娘虽老，犹尚多情。"

无情的男人，转脸就和别人分享他和徐娘的上床心得。

其实，和徐昭佩的那些糟心事，萧绎不是很在意，他有事业、有女人,王夫人温香软玉地搂在怀,他对徐昭佩的唯一要求是:别惹事。

可是,徐昭佩正借酒浇愁,听说他的小妾怀孕了,拿刀砍了过去。

智通和尚,暨季江,贺徽,杀了一个又冒出许多个。

半面妆,杀孕妾,与人私通……

真是够了!

萧方等已经长成文绉绉的白净少年,和他父亲一样,会写文章,会画画,"座上宾客,随意点染,即成数人",拿着去问,连小孩都知道画的是谁。

他就是另一个萧绎,双眼明亮的萧绎。

可是,这么像他的儿子,他不爱。

真让人绝望。

想到儿子,徐昭佩心都碎了,这些年,她歇斯底里报复,却让萧绎越走越远,多次想废掉萧方等的世子之位,让萧方智取而代之。

548年夏天,老皇上来信,要见诸王长子,萧方等很开心,一定要好好表现,祖父如果能美言几句,他的处境一定会好很多。

行至潞水,传来消息,东魏侯景勾结守将萧正德攻陷了建康,史称侯景之乱。

父亲让他速回,他拒绝,"申生不爱其死,方等岂顾其生?"

"贼每来攻,方等必身当矢石",半年后,建康城破,萧方等回荆州,一路收集走散的兵士,聚集了一大批人。

萧绎这才发现,被嫌恶很久的儿子,原来这么有出息。

萧方等还建议在荆州要害地段修建城墙，建好后，登高远望，方圆七十里，一览无余。

萧绎很高兴，走进屋里，跟徐昭佩说："若更有一子如此，吾复何忧！"

如果能再有一个方等这样的儿子，我还有什么可担忧的呢？

萧绎给了台阶，徐昭佩却不识相，"徐妃不答，垂泣而退"，什么都没说，含着眼泪走开。

萧绎气得不行，彻底撕破脸，他罗列了徐昭佩种种丑事，张榜公布。

儿子肯定也特别恨她，萧方等请求去讨伐叛军，领兵两万，他知道此去必死无疑，只愿死得其所。

后来，从萧绎歇斯底里的咒骂里，徐昭佩才知道，方等死了，真的，尸骨无存。

萧绎逼她自杀，徐昭佩于是投了井，萧绎捞出她的尸体，送还徐家，说要"休妻"。

痛苦纠缠大半生，死后，他们终于不再有瓜葛了。

据说，萧绎专门写了篇《荡妇秋思赋》，来揭露徐昭佩的丑事，荡妇这个词很容易叫人浮想联翩。我很好奇，一个当过皇帝的男人，会怎样痛诉那一顶顶绿帽子，于是找来这篇赋，读完却凌乱了。

"荡子之别十年，倡妇之居自怜。登楼一望，唯见远树含烟；平原如此，不知道路几千？"人家说的是游子之妇，没别的意思。

"天与水兮相逼，山与云兮共色，山则苍苍入汉，水则涓涓不测。"游子走了，一别十年，他应该许下承诺的，不然她为何苦等,"露萎庭蕙,霜封阶砌,坐视带长,转看腰细。"他还是没有回来,他是不是永远不会来了?

可是,游子之妇还要等,一直等,待在原地,这样,他若回来,才找得到。"秋风起兮秋叶飞,春花落兮春日晖,春日迟迟犹可至,客子行行终不归。"这篇赋感情真挚,描写细腻,以浅语写深情,被称为齐梁宫体赋第一。

即便是悲剧,《荡妇秋思赋》里的哀愁也是美丽的,不像徐、萧二人,剩下的全是往事不堪回首。

有人说,徐昭佩不曲意迎合,勇敢反抗冷暴力,在男人主导一切的年代,大声宣告自己的存在,是生不逢时的女权主义者。

这……

你不爱我,我就活不下去。

你不看我,我就伤害自己。

你还是不看、不爱，我就彻底堕落。

而且，都怪你，对我不好，才变成这样。

男人要为你的情绪和行为负责，这是真的独立吗？没有独立，何来女权？

你惹我生气，你让我痛苦……多半是伪命题，准确的描述应该如下：我心里有些伤痛，不想见它，于是拼命掩埋，假装不知道，某一时刻，你扣动了扳机。

这些情绪的发生过程，很像某些成语描述的：暴跳如雷，一触即发，恼羞成怒……

也就是说，我的情绪因你而起，但不因你而生，你只是一面镜子。

就像萧绎，从没有真正接受"眇一目"，就算他才华盖世，无所不知，就算他马上登顶皇位，听到王伟讽刺"湘东一目，宁为四海所归"，原本准备饶他一命的萧绎大怒，将他拔舌掏肠，残忍得毫无风度。

萧绎被踩了尾巴，戳到痛处，所以怒极发狂，而这痛，其实一直在他心里，拼命想忘掉，偏偏又被人提起。

这样想，生命便是主动出击，要自在多了。

为什么吵架不让着我，为什么打你还手，男人应该让着女人，不知道吗？

如果他爱你，不论对错，必先道歉，因为老婆是用来疼的，他怎么舍得你难过。

……

是不是很像披着女权幌子的公主病，没有公主命，别犯公主病。

煮字为药：

生命是一场救赎，用来发现自己的那些秘密，有些路，只能独行，谁也帮不上忙，也别指望谁能帮忙。

半面妆、杀孕妾、与人私通，徐昭佩肆无忌惮地糟蹋自己，可是，谁都能看出，她歇斯底里背后的深情与绝望。

但是，萧绎恨透了，也难怪，浑身带刺的爱，像一把利刃，在他心上扎了一刀又一刀，如何消受得起！

用爱的方式表达爱，是必须修炼的能力。

爱就要温言软语，款款道来，就要晓风和月，甘之如饴，就要说，要做，说得明明白白，做得直接粗暴，指望心灵感应，考验谁呢？

等到温柔的方法已经穷尽，只剩下伤害，像徐、萧二人那般不堪，也别修修补补了，散伙吧，大路朝天，各走一边，两生欢喜。

24. 独孤伽罗：童话里都是骗人的

（独孤伽罗，隋文帝杨坚的皇后，与杨坚并尊为"二圣"。）

杨坚怒气冲冲跃上马冲出宫门，那一刻，独孤伽罗编织了一辈子的美梦，碎了。

原来，他也是一个俗气的男人，希望莺莺燕燕左拥右抱，他其实不甘心只守着她一人，看尽细水长流。她努力打造的感情理想，只美好了自己，另一个人，却在忍着熬着，无可奈何地陪演一出戏。

很多年前，小名金刚力士的憨厚少年成亲，妻子独孤伽罗与他门当户对。她长得很美，她的父亲就是当时数一数二的美男子独孤信，人称独孤郎。某天晚上，独孤郎骑马进城，帽子不小心歪了，风中凌乱得很迷人，第二天，全城男人都学他的模样，假装漫不经心地歪戴着帽子。

才过了一个月，宇文护政变上台，独孤信被逼自尽，家人死的死，流放的流放。

好在杨家没和宇文护闹翻，靠着这棵大树，杨坚和独孤伽罗甜蜜又战兢地过了八年，他从没抱怨岳父带来的麻烦，只是心疼妻子，发誓要一辈子对她好，一辈子不和别的女人生孩子，"誓无异生之子"。

杨坚做到了，甚至在建立隋朝、成为隋文帝后的许多年，后宫空空荡荡，只有皇后一个女人。他无比自豪地告诉大臣："朕旁无姬侍，五子同母。"朕身边没有侍妾，五个儿子都是皇后生的。

正经了一辈子，杨坚到老却动起了花花肠子，竟然偷偷临幸了一个宫女。

尉迟氏？尉迟迥的孙女，被皇上讨平、兵败自杀的尉迟迥的孙女！皇上答应过自己一辈子不碰别的女人，却为了这小蹄子破功。

独孤伽罗眼里容不下这粒沙，趁着杨坚上朝，偷偷杀了她。

然后，杨坚知道了，大怒，但又不忍处罚独孤伽罗，心中悲愤无从派遣，便不顾天色将晚，单人匹马冲进山间，跑了二十多里，才被杨素等人追上。

"朕贵为天子，而不得自由。"

"陛下，岂可因一妇人而轻天下呢？"

一妇人？原来，在他们心里，尉迟氏也好，独孤伽罗也好，就是一个女人而已。每天，她早早送杨坚上朝；黄昏，早已在殿外等候，两人相视一笑，同返后宫，都说他们是"二圣"，她真当自己是"圣"了。

一生一世一双人，真正的爱情没有第三者，独孤伽罗从没怀疑过这一点。即使全世界的男人变坏，杨坚也不会，至于那些抱怨男人花心的大老婆们，谁让她们没她这般运气，遇上好男人呢？

这一信念，在她的大儿子左拥右抱、气死原配时没有动摇，在三儿子因为女人多、被老婆投毒病倒在床时也没有崩塌。她虽心疼，但更气儿子不学好。眼睁睁看大臣们纳一堆小妾，又生一堆儿子时，她让老公去好好教育。

不过，杨坚情不自禁临幸了个宫女后，独孤伽罗曾坚信的某些东西，呼啦啦就崩塌了。

杨坚在山里散心到半夜，独孤伽罗跪下，哭着请求原谅，两人重归于好。

但是，皇后自此"意颇衰折"。

她开始懒懒的，不再接送他上下班，不再关心他吃了什么，面对男人的关心，也是淡淡的。杨坚应该很在乎她的心情，那又怎样，他还是隔三岔五去年轻的容华夫人那找乐子。

这就是她引以为傲的爱人吗？这么多年，才算懂了他的真实想法。

他们回不到从前了。

两年后，独孤伽罗去世，杨坚失魂落魄，大臣上书安慰，皇后原本是神仙下凡，现在不过是被众仙接回去而已。

杨坚听了，"且悲且喜"，激动地赐物两千段，只有立下大功才有资格得到如此数额的赏赐。

孤独伽罗的丧事很隆重，尚书杨素亲自负责，杨坚不顾术士劝告"今年送葬会对陛下不利"，亲自送妻子到百里外的太陵，提倡节俭的他还一点都不节俭地为皇后建了一座天下最大、"骇临云际"的寺庙。

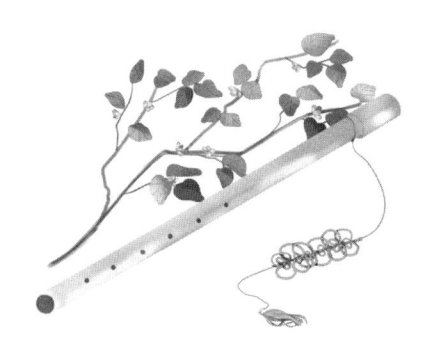

以前他们每年都要去待上几个月的仁寿宫，杨坚再也不去了，空荡荡的，只会让他更想念独孤伽罗。

他们毫无保留地信任了一辈子，杨坚还写过两首歌，《地厚》《天高》，以此表达夫妻情深，为了她，他的后宫虚设了很多年，高品级的妃子都被取消，隋文帝的后宫制度一片空白，以致他们的儿子当皇帝后，不得不重修妇官制度。

又过了两年，杨坚一病不起，临终前，温柔地摩挲着太子，嘱咐大臣要勠力同心，共治天下，他还说很想他的皇后，如果有魂灵，一定要让他们在地下相见，"魂其有知，当地下相会"。

独孤伽罗的爱情，其实已足够美好，可是，她太骄傲了，没办法说服自己，看在那么多美好的分上，其他的就别计较了，甚至不管在当时的大环境下，她对杨坚的要求是不是完美到不接地气，她只是心上扎了根针，很疼很疼。

煮字为药：
婚姻，要容得下沙子。
当然不是像曹操偷腥害死儿子那么大块沙。

"适当的让步还是必须的，毕竟没人能完全担保自己走到那一步，就不会犯错。"这是好友D在老公精神出轨后对我说的话。

"我不是提倡原谅出轨，只是觉得有时候可以尝试再给彼此一次机会。"

婚姻这种东西，该有的敬畏还是要有的，前期精心择人，中间细心打理，生病了吃药，无法治愈再选择断舍离。

如此，才算不负当初的选择，不负婚姻。

25. 云昭训：得不到对方父母认可的婚姻，很难幸福

（云昭训，隋朝杨勇的姬妾，生下长子长宁王杨俨。）

独孤伽罗以强势捍卫大房利益闻名，谁是正妻，她就挺谁，王公大臣的小妾怀了孕，都要让皇帝老公去教训一番，简直用生命来恨外面那些"妖艳贱货"。

云昭训就是这样的"妖艳贱货"。木匠女儿，长得漂亮，没名没分时就怀孕生子，生米煮成熟饭，逼公婆不得不承认她，都是独孤伽罗最看不上的小妾争宠的招数。她中意的是二儿媳，名门，嫡出，跟她一样。

独孤伽罗一边看不上云氏，一边给儿子找正经媳妇，有皇家血统的元孝矩女儿。可是，杨勇不喜欢元妃，还跟别人说，阿娘没给她娶个好老婆，很是可恨。杨勇女人很多，云氏、高氏、王氏、成氏……其中，云氏的位分在小妾中最高，昭训，云昭训最受宠，"礼匹于嫡"，吃穿用度和大房不相上下，极大挑战了独孤伽罗倡导的和谐家庭观，正妻最大，妾是浮云，一夫一妻才更好。

独孤伽罗管得了老公，但管不了儿子，更恼火的是，元妃没病没痛，忽然死了。独孤伽罗肯定地告诉二儿子，是杨勇和姓云的投毒，元妃才早早去世，杨广听到了心坎里。

为了正位，连投毒这种下三烂的手段都用上了，还有没有天理？独孤伽罗一辈子致力于维护大房的绝对权威，虽然此后派了不少人，暗访太子府，也没能查出一二三，但是，在她心里，这事早已被定性为一桩性质恶劣、手段残忍的投毒致死案件。独孤伽罗告诉老公，杨坚便听她的话教育儿子，你怎么毒死老婆云云，哪想到杨勇被拱了火，愤愤道："会杀元孝矩。"哪天非把元孝矩，他老丈人杀了。杨勇就是这样什么都挂在脸上，"率意任情，无矫饰之行"，老皇帝气得不行，这哪是要杀老丈人，分明想杀我说不出口罢了。

后来，杨勇被废，旧臣说他："器非上品，性是常人，若得贤明之士辅导之，足堪继嗣皇业。"资质不能算上品，寻常人，若有贤明之士匡扶，当个皇上没问题，还有人说皇太子只是被小人耽误了。

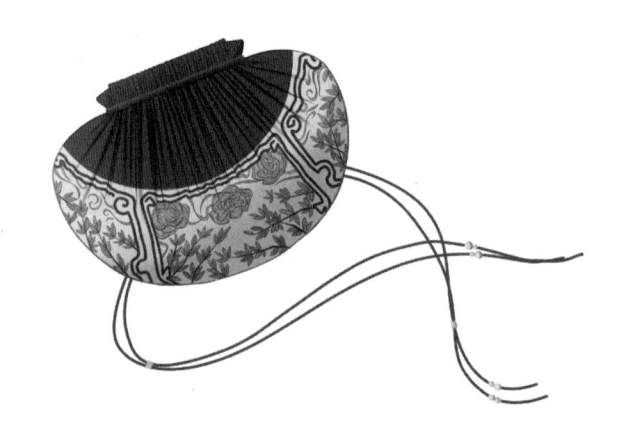

云昭训的父亲云定兴就是那种小人，才不管女婿将来怎样，不管好名声对太子来说有多重要，他只要笼住他的心。女婿喜欢珍稀玩意，便费尽心思给他捯饬，连外人都看不下去。

有的人不信鬼神是内心坦荡荡，有的人不信鬼神只是没有敬畏之心，什么坏事都敢做。云定兴就是后者，看他后来对待外孙的残忍劲就知道了。

杨勇在爹娘那里全面失宠，在这之前，还有一件事，很是让他父亲膈应得慌。冬至那天，大臣们照例去朝见皇上，结束后，又去了东宫，杨勇见百官毕集，竟然下令盛张乐舞，接受朝贺。虽说是太子，又年岁正好，可毕竟皇上还健在，太子只能行储君的礼数，不能朝，只能贺。老皇上知道后，气得半死。杨坚人到晚年，捕风捉影的神功修炼出了新高度，"猜忌苛察，乃至子弟，皆如仇敌"，趁周室孤儿寡母抢来的皇位，他看得可重了，没一天不做噩梦，生怕被别人抢走。

这个别人，包括儿子。

自此，杨坚开始提防儿子，晚上睡觉，衣服都不脱，把宫里侍卫高大威猛的全挑来自己殿里，高颎说这样东宫的侍卫就太弱了，杨坚很不爽，肯定因为他跟杨勇结了亲家，所以处处为那人说话。

元妃死后，云昭训彻底当起了主母，并不知道婆婆的愤怒已经要沸腾，而小叔子杨广更是只跟萧妃出双入对。

某天，杨广要回封地扬州，来跟母亲辞别，表示惭愧不能在跟前孝顺，而且，此一去，不知哪天才能再见。杨广还跪倒在地，涕泪横流。

独孤伽罗也跟着抹泪:"你镇守一方,我又年老,今日一别,说是生离,只怕、只怕……"

"阿摐资质平庸,只想守着父母兄长平静度日,只是,不知何罪,失爱东宫,他几次想杀我。"杨广还说,他那逮到一刺客,百般拷打也问不出什么,多半是东宫的人。

独孤伽罗气愤不已,杨勇越发过分了,给他八抬大轿娶的女人,猪狗一样对待,却成天和阿云鬼混,毒杀元妃,因为证据不足,也不能拿他们怎么样,还跑二儿子那撒气。我还在就这样,等我死了,是不是要鱼肉你们?"至尊千秋万岁之后,遣汝等兄弟向阿云儿前再拜问讯,此是几许大苦痛邪!"只要想到皇上百年后,你们兄弟几个要到阿云儿子面前行礼跪拜,我这心哟,疼得没法说。

杨广又拜了几拜,母子俩执手相看泪眼,无语凝噎。

过了几天,越国公杨素来试探,说晋王杨广像皇上。

这一下子戳中了独孤伽罗的心:"公言是也。我儿大孝顺,每闻至尊及我遣内使到,必迎于境首。言及违离,未尝不泣。又其新妇亦大可怜,我使婢去,常与之同寝共食。岂若晛地伐共阿云相对而坐,终日酣宴,昵近小人。"没错,我家阿摐可孝顺了,但凡我们派人去,必定早早到城外迎接,我那媳妇也是,怎么看怎么满意,哪像杨勇那对,成天大眼瞪小眼,不是摆酒宴客,就是搭台唱戏。

后来,公婆抛出的罪证还有,长子是他们在外偷偷摸摸时生的,到底是不是龙种,很难说。

杨勇再迟钝,也感觉到了父母的恶意,曲子不听了,宝物也不要了,在院子里搭个棚子,穿得破破烂烂住在里面,希望能消灾。眼线那么多，都是挑他刺的，父亲对他的怨气越来越多，罪证越来越多。杨勇找人算皇上死期，说是快了，开皇十八年会死，没想到，才算出来，父亲就知道了，又是一大罪证。

终于，600年，老皇上戎服陈兵武德殿，百官都在，杨勇和儿子们站在殿上听废太子诏书。

一片寂静，高亢的男声响起："草民杨勇原应陈尸闹市，谢皇上不杀之恩！"说完，捶胸痛哭，手舞足蹈着离开。

庶人的生活不好过，杨勇爬树求见皇上，被说成疯了，魂都收不回来，四年后，杨广登基，下了诏书，杀掉杨勇。云昭训带着孩子回了娘家，靠着曾经的家产，勉强有立锥之地。父亲对女儿和外孙们嫌弃得不行，唉声叹气养着，其实也没要他养，云定兴还拿着女儿的明珠络帐，送给杨广面前的红人，得到对方引荐，在新朝廷谋了个不大不小的官职。不过，他的心野着呢，人家要大荣华大富贵，高人提点他，你很好，皇上很满意，但是，为什么升不了官呢？因为那几个孩子啊，皇上不放心。

云定兴毫不犹豫，"此无用物，何不劝上杀之"。那几个废物，为何不劝皇上杀了。

杨广很满意，他想杀还没下得了手，这人这立场，却比他还绝，大可以放心。

丈夫死去三年，孩子们也全没了，她父亲献计杀的，只是不知，云昭训可否还活着？

煮字为药：
云昭训的父亲这般极品的人物现在生活中并不多见，但从你我身边的故事也都可以看出，得不到双方家庭认可的婚姻，大多都不幸福。

"父母之命,媒妁之言",门当户对,阖家欢愉……这不只是传统礼教下的陋习,更是父母对子女婚姻的认可与祝福。

自由的爱情固然可贵,但生活总有未知的磨难,少了家庭的支持,何谈幸福美满?就如云昭训,杨勇在时有他护着,杨勇离开后,她还剩下什么?

婆家冷眼,娘家绝情,昔日浓情蜜意,不过徒增伤感,更让人看透世态炎凉。

26.吴夫人：每一段关系，都需要用心经营

（吴夫人，吴越王钱镠发妻，两人感情甚笃。）

总有人的爱情，美好得像童话，比如一千年前，越溪河畔那个安静绣花的吴姓女子。

钱家来为大儿子钱镠提亲，他以贩盐为生，没什么文化。女子的父亲一口回绝，觉得小伙子不靠谱，大大咧咧，又不置产业，但是伯父坚持他只是为人豁达，是难得的人才，于是极力促成。

婚后，钱镠继续贩盐，女人操持家务，孩子一个接一个出生，局势愈发动乱。大唐王朝日薄西山，失去了对地方的控制力，群雄蜂起，占据一块地方，竖面旗子便能称王。

钱镠决定从军，他二十四岁，将军董昌招人，他去应募，展现了卓越的才华，带领数十人声东击西，诈得黄巢百万大军不敢近前。

此后，翦灭刘汉宏、讨平董昌、拉拢杨行密、平定徐许之乱，他竟然把两浙十三州收到麾下，成为吴越王，之所以没当皇帝，不是没可能，不想而已，因为，当了皇帝，必然招来四方讨伐，不如做个地方官，终身享富贵。

真是出色的潜力股。

而她，吴越王的嫡妻，"历封燕、晋二国，至吴越国正德夫人"。

没错，说的就是五代十国时期，吴越王钱镠的夫人吴氏。

五代十国是个兵荒马乱的年代，却硬是让钱镠经营出一段现世安稳。九十年的乱世，两浙人享尽无事之乐，至死不识兵革，成为当时唯一的乐土。杭州，更是乐土中的天堂。

钱镠大名于是传遍四海八荒，钱氏成为"千年名门望族，两浙第一世家"。

他们也从少年夫妻变成老来伴。

他敬她爱她，确实，她做得很好，"闺门整肃，孝敬尽礼"，"抚爱诸子，有如一体"。他自然有一群小妾，个个貌美如花，嫩得能掐出水，可是，知他懂他的，还是他的老妻。

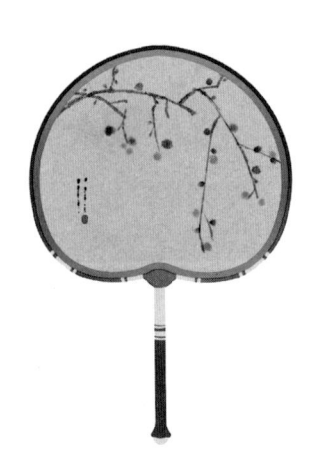

不是所有的糟糠之妻都能不下堂，更不是勉强不被下堂之后，还让男人从心里依恋依赖。

司马懿发达后，宠幸柏夫人，张春华连见面都难，好不容易逮到司马懿生病，前去探望，哪知道那人却说，"老物可憎，何烦出也。"——你这老脸看着都烦，出来干吗？

吴夫人娘家在临安，每年寒食节，总要回去，或长或短，待上一阵。

这年，春色将老，她还是没回，吴越王很想念，遣人送书信一封，上面寥寥数字。她那不会说漂亮话的夫君写道：陌上花开，可缓缓归矣。

王夫之说，钱王不知书，但这一句资质无限，艳称千古。

"陌上花开，可缓缓归矣"，有多种翻译。

田间阡陌上的花儿开了，你可以一边赏花，一边慢慢地回来。

小路上的花儿都开了，而你还未回，我可以慢慢等你回来。

小路上的花儿都开了，回来的时候不要着急，好好欣赏。

田间阡陌上的花儿开了，你可以慢慢看花，不必着急回来。

……

读来读去，还是觉得，这一句最缠绵。

陌上的花儿都开了，你就慢慢地回来吧。

按照字面直译，不加任何修饰，从心底涌出的真情，让其他都成多余，忠实于原文，才能找到最贴切的解读。

陌上的花儿都开了，你就回来吧，别着急，那个……我也不是催你，你可以边赏花，边慢慢回来嘛。

是不是很有命令且哀求的感觉？就像电视剧《大长今》里，

中宗对长今说:"朕要你一直留在朕的身边,以君主的名义,我命令你,以男人的名义,我请求你。"

史书上说,钱镠"性严急",夫人常"怡颜以谏之",看来,他们是性格互补的两口子,他焦躁,她温柔,他大怒时,她平静接受,然后,挑没人的时候,告诉他,你发脾气的样子丑死了,有损吴越王的威严哦。我甚至想象,她一脸狡黠:"哎哎,要不要我表演给你看?"

女人和男人吵架,牙尖嘴利,寸步不让,其实也不是什么事,直吵到男人讨饶,还喋喋不休,怨他脾气不好,不够包容,不懂照顾女人的情绪。

可是这里有个悖论,说这话的女人往往自己就脾气不好,不够包容,不懂照顾男人的情绪。

"他正生气,你就先让着他嘛。"

"凭什么!"

"你先把这笔账记下,过阵子再找他算,好不好?"

"凭什么凭什么,明明应该他包容我,是不是男人啊!"

好吧好吧,谁说男人又要养家,又要养你,还要照顾好你的情绪,他这么全能,要你干吗?

你说他不爱你,否则为什么不忍你让你,捧你在手心。

那你爱他吗?为什么不忍他让他,不用心呵护?

打着爱情的名义让他服从,这明明是消耗爱情,总有一天会坐吃山空。

煮字为药：

哪一段感情，不是争取来的？

即便嫁了钱镠那样的大英雄，吴夫人也要讲究方式方法，不时"忍着"不是？一个人的英明神武是有限的，他没那么强大，总有某些优点，你有他无，某些短板，他需要你来匡扶，多好，这才是共同成长的两个人。

其实，哪有什么理所应当，哪一段感情不需要认真经营，哪一段关系不需要用爱浇灌。

这里的爱，不是思想，是行为。

如果，之前的几十年，你没有学会怎样爱别人，那么老老实实学习吧，从现在就开始，总不会太晚。

27. 大周后：人生没有什么是理所应当的

（周娥皇，别称南唐后主李煜国后。曾改谱《霓裳羽衣曲》。）

南唐国偏安江南，风景优美，市巷繁华，从士民到国君，皆一片风雅。

大弦嘈嘈如急雨，小弦切切如私语，嘈嘈切切错杂弹，大珠小珠落玉盘，皇上李璟听得如痴如醉，便把自己最钟爱的那把烧槽琵琶赠给她，他还觉得，这女子和六皇子从嘉（后改名李煜）是天造地设的一对，便为他们指了婚。

她就是周娥皇。一个是宰相的女儿，一个是皇上的儿子，她十九岁，"有国色"，他小一岁，"明俊蕴藉"，更难得的是，他们都多才多艺。周娥皇通书史，善歌舞，琴棋书画，无不妙绝，李煜和她兴趣一致，他写的字，画的画，吟的诗，做的文，后人评价艺术价值极高。

小两口优哉游哉，把生活过成诗情画意，每一处雕栏玉砌，每一片疏竹潇潇，每一刻鸟声喧嚣，每一场花褪残红，他们都能品味到其中的美妙滋味，那些让人艳羡的才华，是辛勤的收获，更是上天的赏赐。

雪，一片两片三四片。夜深了，静谧而温暖，窗下灯影幢幢，一双人影相对小酌。女人起身，伸出酒杯，笑着一饮而尽，"殿下，与娥皇共舞，如何？"

"如你写支新曲，便可。"

宫女拿来纸笔，娥皇边唱边写，"喉无滞音，笔无停思"，行云流水，一挥而就，名曰"邀醉舞破"。她还写过另一支曲子，叫《恨来迟破》，周杰伦的《东风破》里的"破"也是这个意思。

这个周娥皇，李煜不服不行，她是妻子，也是情人、老师、朋友、知己……

李煜有许多词写他们的富贵闲人生活：

晚妆初了明肌雪，春殿嫔娥鱼贯列。

笙箫吹断水云开，重按霓裳歌遍彻。

天色将晚，夜宴马上要开始，宫娥化好妆鱼贯而入，个个冰肌玉骨，明艳照人，胭脂香气临风飘过，凤箫声声，直吹到水云间……

《霓裳羽衣曲》已失传多年，据说是多才多艺的唐明皇所写，娥皇得了残谱，考订、增删后，用琵琶弹奏，"清越可听"，但是却听得人栖栖惶惶，心里不踏实。

"原曲节奏舒缓，此曲反急迫，为何？"

"旧谱实缓，宫中有人改了，恐是不祥之兆。"乐师答。

往前是国破家亡，往后？哪里还有往后。二十八岁这一年，娥皇病了，不久，小儿子在佛像前玩耍，忽然，琉璃灯坠落，孩子惊吓交加，死了。他才四岁。

娥皇的病再也好不了了，"哀号颠仆，遂至大渐"。

据说，在她生病时，李煜和她妹妹私通，还写了那首充满偷情画面感的《菩萨蛮》。

花明月暗笼轻雾，今宵好向郎边去。刬袜步香阶，手提金缕鞋。

画堂南畔见，一向偎人颤。奴为出来难，教君恣意怜。

今夜花明月黯，适合幽会，担心被发现，女子一手拎鞋，悄悄来寻情郎。人家出来一次不容易，你就怜个够吧。

娥皇轻易就能脑补出那画面，缠绵、火辣，"慢脸笑盈盈，相看无限情"，他和自己的妹妹，情何以堪。

李煜陪在左右亲自照顾娥皇，倦极了和衣而卧，汤药必定尝过后才喂她，都说是因为心存愧疚，才格外殷勤。

其实，娥皇早已经原谅了。他是皇上，原本可以有很多女人，在后宫，姐妹，甚至姑侄共侍一夫，一点也不奇怪，与她同名的另外一个娥皇，和妹妹女英便都是舜帝的妃子。

清醒时，她和李煜道别，言语间全是感谢："婢子多幸，托质君门，冒宠承华，凡十载矣。女子之荣，莫过于此，所不足者，子殇身殁，无以报德。"

娥皇很幸运，能嫁给您，受宠至今，已十年了。世间女子之荣，莫过于此，只是遗憾，孩子早早离世，而我也时日无多。

她褪下平生所带的玉镯，交给李煜留作纪念，又写下遗书要求薄葬。三天后，娥皇沐浴更衣，对镜理妆，然后躺下，口含玉蝉，平静离世。

仅仅一个月，李煜便瘦得不成人形，需要拄拐杖才能起身，后世史家嘲笑他，太后犹在世，竟作如此小儿女之态。李煜亲自写祭文《昭惠周后诔》，落款鳏夫煜，"执子之手，与子偕老，今也如何，不终往告"，我们说过要执子之手，与子偕老，现在你去哪儿了？

　　姐姐去世四年后，手提着金缕鞋悄悄跑去和姐夫约会的周嘉敏被扶了正，立为国后。李煜的伤口也已经结痂，不那么疼了。
　　安定了六年，大宋兵临城下，南唐灭亡，李煜被押送汴京，封为违命侯。
　　四十年来家国，三千里地山河。凤阁龙楼连霄汉，玉树琼枝作烟萝，几曾识干戈？
　　一旦归为臣虏，沈腰潘鬓消磨。最是仓皇辞庙日，教坊犹奏别离歌，垂泪对宫娥。
　　李煜把金银细软分给众人，和全家老小被押送汴京，离开那天真是不堪回首，来不及认真和祖宗告别，就仓皇离去，教坊奏起了离歌，眼泪扑簌簌落下。
　　李煜被封为"违命侯"，他下跪谢恩，周嘉敏的封号要委婉一些，"郑国夫人"，孔子说过"郑声淫"。

　　故国已成空，还如一梦中。这辈子，李煜不知道该怎么活了。
　　多少恨，昨夜梦魂中。还似旧时游上苑，车如流水马如龙。花月正春风。
　　李煜总是回忆过去，还记得游上苑那次，车水马龙，真热闹，仿佛就在昨天。可是，昨天已经永远过去了。
　　他常常想起娥皇，夫妻十年，永别又十年，她雪夜作的曲子，李煜不知何时弄丢了，问了许多人，都不记得，一个叫流珠的宫女用琵琶弹奏出时，他激动得失了态。
　　帘外雨潺潺，春意阑珊。罗衾不耐五更寒。梦里不知身是客，一晌贪欢。

独自莫凭栏，无限江山，别时容易见时难。流水落花春去也，天上人间。

768年，七夕，李煜作了一首《虞美人》，让歌姬和着曲子唱。

春花秋月何时了？往事知多少。小楼昨夜又东风，故国不堪回首月明中。

雕栏玉砌应犹在，只是朱颜改。问君能有几多愁？恰似一江春水向东流。

都说李后主会写愁，"问君能有几多愁，恰似一江春水向东流"，形容得多么贴切多么生动。一江春水，无穷无尽，就像我的哀愁，绵延生长，永无止境。

世人评头论足，好像很了解李煜似的，还说亡国虽然不幸，可是，因此能写出永垂不朽的诗篇，难道不是另一种幸运？

旁观者总是云淡风轻，能从他人的痛苦中看出美感，当事人却一分一秒都是煎熬。

歌姬期期艾艾地唱，李煜一杯接一杯地酒入愁肠，有人闯进，呈上酒，说皇上有旨。

周嘉敏的心一下子揪得很紧，李煜当然知道是毒酒，不过，他应该是庆幸的，终于有人帮他下定决心，不用再痛苦苟活。

那天是他四十二岁生日。

李煜死得很吓人，全身抽搐，头脚相接，一点不像他生前那样温文尔雅。

煮字为药：

林花谢了春红，太匆匆。无奈朝来寒雨晚来风。

胭脂泪，留人醉。自是人生长恨水长东。

名花倾城，却来去匆匆，开了倏忽便谢，真是无可奈何，朝来寒雨晚来风，花儿怎么经受得住！这首《相见欢》，写尽了娥皇的一生。

晏殊在明媚的春光里，悠然踱步于花园小径，写下"无可奈何花落去，似曾相识燕归来"，同写落花，他的伤感是暖暖的，哀愁也是淡淡的，李煜却又是"泪"又是"恨"，他耿耿于怀的不是林花谢了，而是晚来劲风，晨间骤雨，花儿谢得太匆匆，是类似"世间好物不坚牢，彩云易散琉璃脆"的心痛。

李煜常常想起那十年时光，想起娥皇，繁花一样绚烂的她，惊鸿一样短暂的她，真怀念啊，只是，太匆匆。

这个世界上有那么多人，你遇见谁，谁遇见你，从来不是理所当然，就像花叶相交，一时一季，最美的时光，便是相互陪伴与珍惜的岁月。

没有人知道明天会发生什么，我们唯一能做的是惜取眼前人，别在拥有时忽视，不在失去时追悔。

28. 刘娥：不断提升自己，是你最好的利器

（刘娥，宋真宗赵恒的皇后，宋朝第一个临朝称制的女人，常与吕后、武后并称。）

很久很久以前，有个小女孩，叫刘娥，出生没几天，父亲就死了。在那个年代，青壮年都要上战场。

母亲只好带着她回娘家，女儿本是"赔钱货"，没想到又带回一个，娘家可不好待。

《孔雀东南飞》里的刘兰芝被婆婆休回，"阿母大悲摧"，母亲很心疼，却也帮不了什么，刘兰芝只能满脸无光地向哥哥道歉，"中道还兄门，处分自兄意"，中途回来，怎么处分，凭哥哥拿主意吧。

不久，母亲也死了，刘娥成了孤儿，寄人篱下混口饭吃，直到十三岁，被匆匆打发出去配了人。

老公叫龚美，是个银匠，为了谋生，小两口背井离乡到了京城，男人锻造银器，女人敲小鼓卖唱，很辛苦地谋生，可还是很穷，穷到活不下去，龚美告诉刘娥，打算卖掉她。

恰好，龚美高攀了一个朋友，在王府当差，他的主子听说蜀地多美女，心里很痒痒。朋友见龚美老婆资质不错，便如此这般点拨一番，自此，龚美和妻子刘娥变成了表哥与表妹。

赵元休是大宋皇帝第三子，和他一比，刘娥连灰姑娘都不算。赵元休的乳母看不上刘娥，对赵元休好言相劝，赵元休不听，说多了还不耐烦，连奶大他的情分都不顾了，她一气之下，跑去向皇上告状。

小小年纪便沉溺女色，这还得了。宋太宗一边要求送走妖女，一边意识到，男大当婚，得给三儿找个正经人了。

刘娥和同在王府工作的"表哥"灰溜溜被赶出门，赵元休舍不得，把她安置在张耆家，就是之前为他俩"出主意"的那位。

赵元休要大婚了，新娘是一代名将潘美的女儿。

赵元休被封了韩王，又改封襄王，夫人潘氏的地位也水涨船高，莒国夫人、鲁国夫人、秦国夫人……

潘氏没几年就死了，赵元休又娶了郭氏，宣徽南院使的女儿，反正不管娶谁，都不会娶刘娥。

听说，他和夫人感情很好。

听说，郭夫人为他生了个儿子，再生了个儿子，又生了个儿子。

听说，他二哥的小妾因为迷惑皇子，被绞死了。

听说，他改名赵恒，要当太子了……

赵恒说不准什么时候会来，有时很久也不见人影，刘娥并不抱怨，她微不足道，只是红烧鱼里的香菜，用来调剂生活，既然如此，就做一棵色香味俱全的香菜吧。

大把的时间需要打发，刘娥看书、写字，为自己充电，也许这样，能让她和赵恒的差距小一点，再小一点。

十五年过去了……

宋太宗去世，赵恒即位，便是北宋第三位皇帝宋真宗。

赵恒册封郭夫人为皇后，追封原配潘氏为庄怀皇后。

刘娥还在宫外，继续做地下情人。

七年后，刘娥进宫，被封为美人。

也许，赵恒最初真的只是玩玩，并不拿她当回事。

赵祐死了，好不容易养到十岁，郭皇后崩溃了，她的三个儿子都没了。

赵恒一大把年纪，几个孩子都死了，难道命中注定，他们没有为人父母的福气。

郭皇后熬不过，先去了，赵恒从宗室挑了个男孩养在宫里，刘娥已经不奢望还能生出孩子，她把侍女介绍给皇上。

侍女李氏怀孕了，赵恒对外宣称刘美人有孕，晋封为修仪。

他已经离不开刘娥了，这个卖艺女子不断带给他惊喜，从不识字到谈古论今，从敲小鼓到琴棋书画，而且，她是多么好的帮手，把后宫打理得井井有条，处理政事"恭谨周密"，事情交给她，赵恒放心。

李宫女生了个男孩，赵恒告诉大臣，刘修仪生了皇子。

生了儿子的刘修仪，总有资格当皇后了吧？

可是，大臣不买账。

宋朝的大臣就是这么拽，天子与士大夫共治天下，赵恒不敢硬来，刘娥也不想给他添麻烦。

拖了两年，赵恒不想再等了，册封刘娥为德妃，向皇后"百米冲刺"。

宰相马上病了，拒不上朝。

刘娥只好再次谦虚，说自己当皇后不够格。

赵恒讨好大臣已经不择手段了，他下诏文武百官全部升官赐赏，然后，找翰林大学士写封后诏书，被看中的那个人却说："您还是另请高明吧。"

1012年十二月，为免节外生枝，仪式简单到磕碜，四十四岁的刘娥终于成为大宋王朝的皇后。

三十年过去，手里一副烂牌的刘娥，竟把人生这场戏，演得这么成功，让赵恒回忆往昔，回想遇见她的那一段旧事，脑中浮现的，全是庆幸。

于是，刘娥被雪藏半生受的苦，都成了值得。

刘娥当了皇后，便是标准的后宫典范，比大家想象的，还要好，最挑剔的文官也说道不出什么。

李宫女又生了个女儿，孩子很快死了，李氏认命了，她没有福气做母亲，赵恒也认命了，又一名小公主出生，赶紧将其舍入道观，孩子果然平安长大。

1022年，赵恒驾崩，遗诏军国重事，由皇太后权取处分。

等于默认了刘娥是事实上的统治者。

灰姑娘成了女王，故事的发展出乎意料，刘娥政绩斐然，史书说她"有吕武之才，无吕武之恶"，她封赏家人，却不纵容，有话语权的还是大臣。

对了，刘娥的家人就是龚美，已经改名刘美，过继到刘家名下，他忠心耿耿，连手下都定期轮换，以免培养出私人感情。

刘娥也很想攀几个亲戚，一次和某刘姓高官谈及此事，对方竟昏倒拒绝，还有一个，听完嗤笑，说他家没亲戚在后宫，罢了，强求不来。

当了十二年女王，有大臣献上《武后临朝图》，意思是，您也可以当武则天。

刘娥扔掉，说她绝不做对不起祖宗的事。

1033年，刘娥去世，"儿子"赵祯哭得很伤心，有人安慰道，皇上，别太难过啊，那又不是你亲妈……

赵祯无比震惊。

"你亲妈一年前死了，在洪福院呢。"

"……"

"听说是被刘太后害的。"

当晚，禁军里三层外三层包围了刘家。

棺盖打开，李氏浸在水银中，容颜如生，还穿着皇后礼服。

"人言岂可尽信！"赵祯在刘娥灵牌前跪下，"从此，大娘娘的生平清白了。"

"狸猫换太子"故事里奸诈的刘太后，结局竟这样圆满。身前身后名，一样都不落，也许，刘娥未必不想当武则天，否则不会穿皇帝的衣服祭祀，可是，想了又怎样啊？做不成女皇的遗憾，让她不必像武则天，杀儿杀女，杀尽丈夫亲人，所以，她和赵恒的故事剧终时温情脉脉。

煮字为药：

灰姑娘逆袭，是每个人都津津乐道的故事，但是很少有人去追问，灰姑娘在逆袭成功前，熬过了多少昏暗的岁月。就像刘娥，在别人看不到的地方，默默成长，不为取悦他人，只是想给自己更好的生活。

困境与低谷，从来不是放弃努力的理由，做最好的自己，不需要他人要求，一切自信从容，皆是你我内心的力量。

29. 李宸妃：下辈子，无论爱与不爱，都不会再见

（李宸妃，宋真宗赵恒的妃嫔，宋仁宗赵祯的生母。民间流传的"狸猫换太子"中的李妃原型。）

刘娥又为赵恒相中了一个女人，宫女李氏。赵恒已经四十二岁，还没有儿子，焦躁得不行。

子嗣的问题，一直深度困扰着赵恒，他有过儿女，但是一个都留不下，起名拴住、狗剩也没用，五个儿子，大多生下不久就没了，寄予厚望的赵祐，眼看着养到九岁，还是走了。

最刻骨铭心的那次，赵祐刚死，另一个儿子才两个月，也死了，郭皇后前前后后生过三个儿子，都没能活下来，人世煎熬之酷烈，莫过于此。四年后，郭皇后去世，他们夫妻感情很好，赵恒很是灰心丧气了一阵。

一次一次撕心裂肺的痛苦，赵恒不得不信，他和她们命中注定与孩子缘分很浅，这样想着自己便肯认命，认命了心里会好受些，容易受暗示，有迷信底子的赵恒还整合出一个概念，无福为母，没有福气做母亲，或者说没有福气的人才能做母亲。

无福为母，让很多人痛苦地接受现实，以获得心灵的宁静，比如刘娥，跟了赵恒二十多年，承恩不在少，但就是生不了孩子，不孕这种小概率事件，偏让她碰上。

听天命，还要尽人事，不到最后一刻绝不放弃，赵恒还在努力，刘娥识大体，知道他有限的精力要用到刀刃上，便给他介绍了更年轻更有希望生孩子的女人。

李氏果然怀孕了，除了好吃好喝供起来，赵恒也会陪她散步，心情好有利于胎儿发育。一次登台远望，玉钗忽然落地，李氏觉得很晦气，赵恒却在内心默默占卜：如果玉钗完好，当生男孩。

赵恒一向热衷于探索上天各类启示，大臣也乐于配合，送上各种天书、祥瑞，宰相寇准被贬官后，造了一封天书，硬是重回权力中央。

侍从把完整的玉钗拾了送来，赵恒喜不自胜。

李氏生了个男孩，取名赵祯，这是赵恒第六个儿子，唯一存活的儿子。

赵恒对外号称是刘娥生的，换来一片嗤笑。二十几岁没生，四十来岁倒生孩子了。还有消息灵通人士连孩子生母是谁，什么来历都弄清楚了。赵祯生母的话题不好说得太细，总之，不管谁生的，孩子反正归刘娥。

无福为母，还可以这样解释，谁都没有福气当母亲，如果当了，那便不是真的，刘娥心安理得地抚养儿子赵祯。

孩子脱离母体，便和她没什么关系了，李氏被封为崇阳县君，刘娥却修仪、德妃，一路高升到皇后。

赵恒还是会临幸李氏，她又怀孕了，生了个女儿，这个孩子不会有人来抢，是完全属于她的温软小生命，往后余生，便指着她了。

可是，女儿很快夭折，宿命的悲伤回荡在赵恒的深宫，无福为母，自己的孩子是留不住的，注定他们无法像寻常人家那样享受天伦，李氏死心了，赵恒死心了，再也不敢存一丝侥幸。赵恒后来又得了个女儿，公主刚出生，便将她舍入道观，孩子果然长大成人。

李氏后来没再生孩子，赵恒跟她也就没什么关系了，他的心全在刘娥那儿。

1022年，赵恒驾崩，太子赵祯即位，便是宋仁宗，李氏和其他嫔妃，出宫为先帝守陵。赵祯才十三岁，太后刘娥垂帘听政，派人找到李氏的弟弟李用和，赏个官给他做做，李用和当时租住在开封，以做纸钱为生。

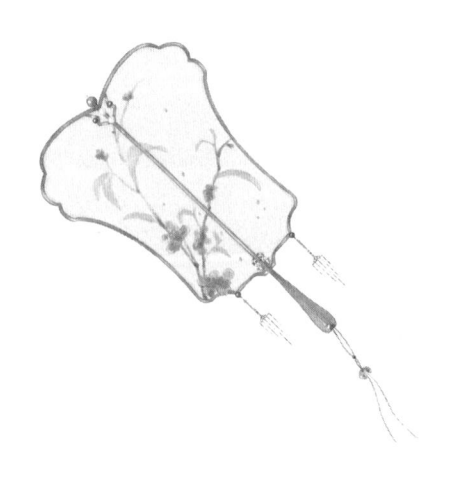

赵祯从来没想过，自己的母亲另有其人。"人畏太后，亦无敢言者"，害怕太后，没人敢说。李氏大概也未想过相认，虽然那一幕常在梦中出现，可是，万一相认，折了儿子的福气，后果太可怕。无福为母，这一辈子，远远看着儿子，知道他好，就够了。

永定陵，西风残照，时光沉默，一切都静止了，就像李氏这一辈子，没有结束，但是已看到结局。

李氏和其他先帝遗妃一样，从容守陵，"未尝自异"，从没有表现出和别人不同。

多年后，明朝一位王恭妃，被冷落嫌弃到哭瞎双眼，临死时，还能拉着儿子感慨："儿长大如此，我死何恨？"儿都长这么大了，娘死又有什么遗憾？可李氏，只要活着，就只能远远看着，看着儿子在人群中央，万人仰望，但是儿子的目光不会在她身上停留半刻。

十年后，宫人奏报，李宸妃薨。

刘娥觉得参照先帝其他嫔妃，丧事在外面办就行。

宰相吕夷简不同意，认为礼仪应从厚。

刘娥忽然像被火烫着了似的，拉起赵祯就走。

好一会儿，独自坐回垂下的帘子内，刘娥问："一宫人死，相公云云，何欤？"一个宫人死了而已，你说那些，什么意思？

"臣待罪宰相，事无内外，无不当预。"我是宰相，自然什么都要管。

"相公欲离间吾母子耶！"刘娥怒，你想离间我们母子！

吕夷简从容回答，您若不念刘氏，我不说这话，若还惦记，一定要厚葬。

如何厚葬？

一品礼，殓皇后服，水银实棺，殡洪福院。

又过了一年，刘娥死。

年轻的皇上忽然下诏自责，几天不上朝，又是追封先帝那个姓李的妃子为皇太后，又是迁葬永定陵，动静很大。大宋的大小官员，甚至开封街头百姓都能看出是怎么回事，狸猫换太子的故事有了最初的萌芽。

赵祯痛不欲生，母亲活着时，未曾享过一日天伦之乐，她得有多孤独！

听到燕王说母亲死于非命，赵祯立刻派兵包围了刘家。

虽然刘太后并未加害母亲，虽然刘太后的做法能理解，可是子欲养而亲不在，赵祯的心还是很痛很痛，痛得揪起来，他想弥补，怎么都觉得弥补不了，给舅舅各种升官、各种赏赐，后来又不顾舅舅的儿子"貌陋""性朴"，把心爱的福康公主嫁给他。

迁葬那天，送完刘娥，赵祯到洪福院，伏在母亲棺上，痛哭："劬劳之恩，终身何所报乎？"

有一种花，叫辛夷，每到春天，花朵便热热烈烈地开满枝头，等花瓣枯萎，叶片才不慌不忙地出现。辛夷和玉兰很像，一样的蜡质叶片，一样的雍容花朵，只好通过花儿盛开时叶片是不是参与了这场花事来判断，辛夷的花与叶近在咫尺，却远隔天涯，终身不相见。

五百年后，一个叫朱祐樘的，与赵祯同病相怜，朱祐樘六岁时得到父亲承认，同时母亲被害。登基后，他到广西寻找母亲娘家人，费了九牛二虎之力，找到的所谓亲戚却被证明只是骗子。虽然想到母亲便心如刀割，朱祐樘也只能放弃，在桂林建了个庙，给不知姓名的外祖父母追封祭祀，以慰母亲在天之灵，或者说抚慰自己的心，读到大臣递来的册子，"睹汉家尧母之门，增宋室仁宗之痛"，赵祯的痛，他感同身受，朱祐樘哭得不能自已。

煮字为药：

在那时那地，李氏注定只能遥望儿子，但我们不至于如此。

所谓父女母子缘分，长不过一生，所以，如果拥有，请深深呵护，长长陪伴。

知名主持人梁继璋给儿子的信，其实是写给所有人的："亲人只有一次的缘分，无论这辈子我和你会相处多久，都请好好珍惜共聚的时光。下辈子，无论爱与不爱，都不会再见。"

莫失莫忘。

30. 李清照：给女子最好的礼物，是心灵的富养

（李清照，号易安居士，宋代女词人，婉约词派代表，有"千古第一才女"之称。）

女子无才便是德？李格非从来不这样想，他有钱，也有文化，知道文化不能当饭吃，但是酒足饭饱后呢？总得有几样风雅的爱好，脱离了低级趣味的追求，才能把漫长的琐碎日子过出诗情画意。

出身名门的妻子生了个女儿，李格非给孩子取名李清照，他不要用那些条条框框束缚孩子成长，如果让自己深深陶醉的美好事物，比如诗词、书画、音律，孩子也能品尝个中滋味，真是极好。

李清照的生活惬意而轻松，可以喝酒，泛舟，即便兴致浓时忘了回去的路。父亲家中藏书丰厚，穿梭其间，日复一日，渐渐有了才女的模样。

昨夜雨疏风骤，浓睡不消残酒。试问卷帘人，却道海棠依旧。知否？知否？应是绿肥红瘦。

昨夜雨虽疏落，风却很急，不知道院中的海棠怎样了，小心翼翼问卷帘人，那家伙漫不经心，说跟昨天一样。好吧，是我想要的答案，可暮春已至，又风雨潇潇，想必是落红满径，一树的红花消瘦，绿叶繁茂，我岂会不知？无可奈何，春天到底要走了，粗心的许多人，还在说着依旧。

《如梦令》一出，整个京师轰动，当时文人莫不"击节称赏"，都说言浅意深，含蓄无穷，尤其最后一句"绿肥红瘦"，绿叶肥而红花瘦，把雨后花树的模样写活了。

当知道李家女儿还待字闺中，有人的心思就活络了，赵家三公子扭扭捏捏跑去告诉父亲，昨晚做梦，看到一本神书，里面有三句话，"言与司合，安上已脱，芝芙草拔"，不知道什么意思。

言司合一起不就是词吗？安上面脱掉是女，芝芙草字头拔掉就是之夫，就是词女之夫，这么简单都不知道，你这太学生怎么当的？赵宰相气势汹汹说着，转头却瞥见儿子眼光乱闪。

赵宰相赶紧托人向李家求亲，门当户对，志趣相投，这样的小两口原本就是天作之合。

卖花担上。买得一枝春欲放。泪染轻匀，犹带彤霞晓露痕。怕郎猜道。奴面不如花面好。云鬓斜簪，徒要叫郎比并看。

集市上买了一枝花，含苞欲放，还带着清晨的露珠，真好看，心里忽然酸酸的，戴上怕被比下去。哼，我偏要戴，还要戴在头上，让他说说到底花美，还是人美。

妻子是才女、美女，还那么可爱，赵明诚很满足，很长一段时间，李清照的词全是幸福。她遇见爱，遇见性，还遇见理解，老天对她太好了。

每月初一和十五,他们都要去相国寺,买碑文书籍。赵明诚在乡下寻到白居易手书的《楞严经》,连夜快马加鞭赶回家,只为和妻子分享。买不起徐熙的《牡丹图》真迹,两人惆怅许久,惆怅也是幸福的,说明心与心紧贴,人还在。

公公赵挺之失势,被遣回老家,李清照便跟着赵明诚回到青州,没想到那是最后的好日子。

他们烹茶赌书,猜典故在哪一章哪一页,赢的人可以喝茶,赵明诚总是输,然后看着妻子花枝乱颤喝得茶溅了一地。

他们玩打马,李清照必赢,还写了本书,讲述自己如何称霸打马场。

十三年间,赵明诚完成三十卷《金石录》,李清照写出文学批评史上第一篇完整的《词论》,提出词"别是一家"的理论。

老宅中,赵明诚在妻子的一张画像上题词:清丽其词,端正其品,归去来兮,真堪偕隐。

岁月静好,如果老死青州该多好。

1120年,赵明诚接到朝廷任命,赴任莱州知州,李清照留守,照顾他十几个房间的文物,想他,就写词。

薄雾浓云愁永昼,瑞脑消金兽。佳节又重阳,玉枕纱厨,半夜凉初透。东篱把酒黄昏后,有暗香盈袖。莫道不销魂,帘卷西风,人比黄花瘦。

这首《醉花阴》,赵明诚佩服得五体投地,旋即不服,就不信写不过老婆!他把自己关在房间三天三夜,速成五十首,掺杂《醉花阴》在其中,请朋友品评。

朋友："只三句绝佳。"

赵："哪三句？"

朋友："莫道不销魂，帘卷西风，人比黄花瘦。"

1127年，靖康之变爆发，金军攻陷京师，皇帝被掳，穿着丧服跪在敌国宗庙前。

李清照和赵明诚想到毕生藏品，战战兢兢，两人商量，分批转移至安全的地方。不久，赵母在江宁去世，赵明诚前去治丧，李清照回老宅处理文物。十几间屋子的藏品，她反复甄选，减了又减，最后还是装了十五车。

兵荒马乱的年代，一个女人，带着十五车文物，过路、渡江，何其艰难！刚到江宁，青州传来消息，金军入侵，家中藏品化为灰烬。

南逃至安徽，赵明诚收到命令，去建康面圣，一个月后，李清照接到消息：丈夫病危。

再往后，生活待她一点也不温柔。宋高宗赵构亡命天涯，杭州、绍兴、温州，甚至出海避难，惶惶如丧家之犬。年近五旬的李清照为了给文物寻觅安身之处，便一路追随皇帝，紧赶慢赶，却总是晚一步。

赵明诚嘱咐要与之共存亡的文物越来越少，托人寄送丢掉，租住异地被偷，咬牙献给朝廷半途不知所终，节衣缩食换得的珍贵器物，一件件都留不住。

李清照太累了。

当一个男人在她病中大献殷勤，她以为找到靠山，便嫁了。可是，张汝舟看上的只是那堆文物，发现现实和自己想象的相差甚远,便辱骂动手。李清照如何能忍受?但想要离婚,在当时只有一条路,状告丈夫。李清照讼夫考试作假,婚姻解除,她也沦为笑柄。

一个有名的老女人再婚,必然遭人耻笑,再婚不过百日便离,更要笑上加笑。剩下的二十来年,李清照独自在临安,看书、写文,完成赵明诚未竟的事业,死时大约70岁。

某天,翻开《金石录》,赵明诚的字迹簇新在眼前,一切如昨,却邈若山河,视作明珠一般的文物已丢失大半,李清照的心忽然揪紧了疼,写下《金石录后序》,难道明诚地下有知,舍不得宝物,不肯留在人间?可是她又写"有有必有无,有聚必有散",有人得到,有人失去,不必耿耿于怀。

写出这样的文章,李清照应该不孤独,别人叹息"天独厚其才而吝其遇",可是,山河破碎,裹挟在其中的人们,谁不是随风飘零?

后来的事,父亲、丈夫,任谁都无能为力。

她是快乐的女孩,琴棋书画诗酒花;她是娇俏的妻子,获得丈夫全身心的爱。当境遇困顿,她有文章作陪,遇人不淑便坚决离开。你看,她什么都不缺,内心完整,自在生花。

不曾缺过,就是被富养的证明。

如果富养女孩只停留在物质满足,才艺填充,父母迫不及待比拼展示,焦虑物质不够丰富,享乐不够恣意,内心总是缺总觉得不够,那就是穷。

人和人最重要的区别,往往在看不见的地方。

《宋史》提到李清照,话极少,"女清照,诗文尤称于时,嫁赵挺之之子明诚，自号易安居士"，附在父亲李格非的传后，只有二十四个字，可是，仰望夜空，会看到一颗闪亮的星，上面有座环形山，人们叫它李清照。

煮字为药：
因为从来不曾缺少关爱，所以能活得更加独立，恣意盛放。在那个并不全民开放的年代，李清照成长为最出色的女子，可是即便到了今日，仍然有很多女人，因为不够富足的内心苦苦挣扎。

若你有幸接受过精神上的富养，请将你的独立和自信的快乐带给身边的每个人，若没有这样的幸运，你也可以修炼内心，富养自己，一步步迈向属于自己的强大与从容。

31. 曹皇后：太过完美的女人，不一定招人爱

（曹皇后，宋仁宗赵祯的第二位皇后，祖父曹彬为北宋开国功臣。）

宋仁宗赵祯被他的皇后扇了一巴掌，向大臣展示完爪痕后，下诏废后，十八岁有过短暂婚史的曹氏奉诏去整肃后宫。

曹氏可能命中注定该当皇后，前夫一心求道，志在飞升，不得已办了婚礼，看到她的一刹那魂飞天外，好像千万小鬼在眼前，于是，跳墙逃走。

曹氏便回了娘家，正好遇到赵祯选第二任皇后，要求出身名门，大宋第一名将的孙女曹氏遂得以胜出。

贤惠、宽容，在后宫种粮养蚕，赵祯写一手漂亮的飞白体，她也是，算不算有共同语言？可是，赵祯尊重她，却不爱。

乾隆说，除了唐太宗和爷爷康熙，他最佩服的皇帝是赵祯，为人君，止于仁。赵祯统治的年代被称为仁宗盛治，经济发达，人才辈出，连那个年代的宋词都很有情调，慵懒地吟唱风花雪月，无可奈何花落去，似曾相识燕归来，明年花好，知与谁同……

这样的文学离不开优渥的生活和温和的大环境，赵祯被称为守成贤主。

曹皇后严格遵守条条框框，把自己活得母仪天下，赵祯却心随我动，只爱美女。

张贵妃最得宠，"势动中外"，她本是杨太后的婢女，父亲早逝，母亲带着四个孩子，求大伯收养，遭到拒绝，她没法抚养孩子们，便把女儿送进宫。张氏一路破格晋封，还是修媛时，赵祯便追封了她祖宗三代。

1048年，闰正月，赵祯想再过一次元宵节，曹皇后不同意，赵祯以从谏如流为美德，便从了她，心里想的也许是："哼，无趣的女人！"

三天后，夜深，殿外忽然传来打斗声，赵祯惊醒时，曹皇后已经到了门口。

"什么情况？"

"危险，贼兵在外，陛下不要出门，速叫王都知救驾。"曹皇后有条不紊发号施令，一时竟没赵祯什么事了。

耳边不时传来宫女的惨叫声。

"也许是奶妈在教训小丫头的吧。"太监说。

"胡说，分明是贼兵在杀人，元宵刚过，贼必纵火，你们几个提水跟出去。"曹皇后每人剪一缕头发，作为明日封赏的证据，于是，人人出死力，事情很快平息。

冷静、能干，曹皇后表现几乎完美，可是，在赵祯看来，不过是没有破绽。

"皇上！皇上！"张贵妃娇滴滴地闯入，哭得泪人儿一样。她竟然不顾危险来了，赵祯感动到落泪。

曹皇后觉得，皇上临走时看她的眼光，冷得让人心寒。

赵祯更加冷落她了，什么谋反？一场闹剧而已，也许就是皇后导演的，为了显示自己有多能耐。

承诺的封赏不了了之，曹皇后已是泥菩萨过江，自身难保。赵祯要废她，改立救驾有功的张氏，可是，大臣不同意。皇上说皇后是背后主谋，证据呢？

曹皇后勉强保住后位，张氏却被册封贵妃。君恩浩荡，宫里有一批人专门负责南下，采购她最爱的金橘。

好在赵祯的宠爱有底线，张贵妃娇却不敢纵，美人如玉怎敌江山如画？赵祯可以容忍她的小脾气，赏赐最耀眼的珍珠，却决不允许她对社稷指手画脚。赵祯精心维护大宋的一切，百官、军队，还有尊卑有别的社会秩序。

从这个角度看，曹皇后是间接受益者。张贵妃出宫想像皇后一样风光，来借仪仗，她爽快答应，赵祯却不同意。

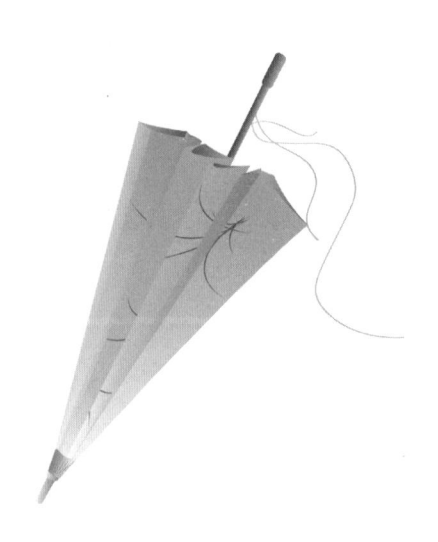

没过几年，张贵妃死了，赵祯泪水涟涟地回忆往事，追封其为皇后。曹皇后熟读史书，自然知道从没有过这样的事，皇后还活着，又追封另一个皇后。

这次赵祯很坚决，一道道反对的折子递上，然后被搁置一边，不管什么骂名，他都不管。

1063年二月，赵祯病重，对左右说，快去叫皇后。

这一刻，他知晓，能稳住大局的人是她。

曹皇后急匆匆赶来，赵祯已经说不出话，只用手指了指心。

情况很复杂，赵祯没有儿子，他生过十九个孩子，只存活了四个女儿，大宋后宫像被施了魔咒，"无福为母"，几代了，皇子一个个夭折，好像真的没有福气之人才能当母亲。

嫔妃们跪下，大声哭泣，曹皇后制止，说，快去请太子和宰相。

赵曙虽被立为太子，但不服众，他不过是赵祯堂弟的庶出儿子，甚至有人说，那谁要是还坚持立赵曙，就杀了他。

第二天，反对派入宫，生米已经煮成熟饭。

成了曹太后，她也没改变，约束娘家一样严，不允许弟弟进宫，好不容易来一趟，又忙不迭赶出去，"此非汝所当得留"，这里不是你能待的地方。

"我本将心向明月，奈何明月照沟渠"，说的不就是她和赵祯吗？当皇后她简直完美，可是，赵祯欣赏不来，也许他已经足够能干，不需要女人那么厉害，又或许，她守着规矩一板一眼的样子，太冷了。

曹太后常教导孙子："以前我每听到百姓疾苦，便告诉仁宗皇帝……"说得她和赵祯有多少故事似的，其实，她的一生虽然精彩，和赵祯之间却没什么好说的。

煮字为药：

我有一个女客户，年少得志，借着电商热潮，大学便创业，时至今日，身价斐然。

女客户身材好，容貌也美，穿着打扮更不必说。私下闲聊，她说自己一直单身，并对我们的销售总监T先生表达了无限好感。

我有意撮合，却碰了一鼻子灰。

T："她不是我喜欢的类型。"

我不死心："你喜欢什么类型？"

T："至少要看起来很真实。"

被T的话影响，我再看女客户，发现各种"不真实"，微整形的面部五官、硬拗的优雅仪态、万年不变的微笑表情、永远平稳的语速……她把自己包裹在一个完美的状态里，有些失真了。

环顾历史，最得男人宠爱的女人似乎都不完美。冯润的恣意妄为，独孤伽罗的掌控欲，丁夫人的真性情……

他爱的，可能就是你的小脾气、小毛病、小缺陷……

32. 没藏黑云：当你在算计别人的时候，别人也在算计你

（没藏黑云，西夏景宗李元昊的夫人。李谅祚的生母，兄为权臣没藏讹庞。）

所有跟过李元昊的女人，都不得好死。

没藏大师褪下青衫，走出戒坛寺，回望时，莞尔一笑，她不就活得好好的，比以前好上百倍千倍。

她很漂亮，史书谈到和她类似命运的女人时，说，她们都不如她生得美。

一年前，她跟着李元昊外出打猎，在两岔河畔生下一个男孩，取名宁令两岔，宁令在党项语中的意思是欢喜，后来，中原人叫他李谅祚。

孩子被寄养在舅舅家，由乳母代劳，没藏大师继续当李元昊没有名分的情妇。

直到那个叫欢喜两岔的小婴儿，成了李元昊唯一的儿子。

李元昊凉薄到让人胆寒，史书说"囊霄凡七娶"，正式娶妻七位，没有谁落得好下场，他本是胡人，唐朝皇帝赐姓李，等成了新一任西平王，为了突出自己相对独立的身份，李元昊将自己改名嵬名曩霄。

十四年前，舅舅卫慕山喜造反，他把卫慕氏一族绑上石块，推进黄河，然后，捧着毒酒，请母亲喝下。

至于妃子卫慕氏，看在大肚子的份儿上，且饶一死，孩子生下来，粉雕玉琢的小男孩，忽然有人说："怎么长得不像大王，不会是别人的吧。"李元昊一看，果然不像，再一看，更不像了，于是，挥刀杀了男孩和他的生母。

妃子索氏，李元昊不喜欢，索氏也很有骨气地不喜欢他。1036年，听说大王西征吐蕃，战死沙场，索氏很开心，"日娱音乐，益自修容"，成天涂脂抹粉，咿咿呀呀哼小曲，男人死了，她的春天要来了。

结果李元昊幽灵一样出现了。

索氏悬梁自尽。

然后，李元昊灭索氏一族。

都罗氏算寿终正寝，因为她嫁过来没几天就死了。

兴平公主是和亲过来的，虽然有强大的辽国支撑，李元昊照样不理不睬，生病了，也不给治，拖死她。

凉薄到骨子里的男人，真不想说他和没藏氏之间有爱情，不过是，一个有欲望的男人和一个居心叵测的女人，勾搭成奸。

毒蛇！东郭与蛇说的就是她和那个女人，野利皇后恨透了没藏氏——她的前嫂子，自己好心把她从藏身的寺庙找出，竟然没几天就勾搭了皇上。

没移氏、没藏氏，一波未平，一波又起。

野利皇后的儿子宁令哥娶妻，太子妃是没移皆山的女儿，婚宴上，皇上才发现儿媳是大美女，于是硬生生抢走，李元昊还为她修建了华美的天都宫。

她呢，就像叔父说的，"出嫁二十年，止故居"。

当初，野利皇后喜欢戴金丝起云冠，皇上便不准其他人戴，现在，他再也不必顾忌什么了，宋朝挑拨离间，说野利将军要投诚，皇上假装中计，顺水推舟杀尽了能干、功高震主的野利家人。

野利皇后逼没藏氏出家，李元昊便去寺庙私会，其他时间，浸泡在天都宫的温柔乡。

野利皇后被废，太子宁令哥的前途变得岌岌可危，凄风苦雨中，没藏讹庞，没藏氏的哥哥来看望，患难见人心，野利废皇后很感动。没藏讹庞还为她和太子出主意，杀了皇上，太子便可早登大位，若不早动手，你们母子恐性命难保。

李元昊阴晴不定，惹恼他，不管什么人，他都杀得，这正是野利废皇后担心的，新皇后，是她的前儿媳。

前些日子，听说咩米氏，李元昊的另一个妃子，被杀，儿子李阿理被绑了石块沉河，是该为未来着想，早点下定决心。

元宵夜，皇上必定喝得烂醉，守卫松懈，殿下可直入内室，完事后，藏入黄芦别墅，神不知鬼不觉。

夺爱之耻，母亲被废之恨，宁令哥早坐不住了，没藏讹庞那么真诚，为什么不相信他，自己成了皇帝，他没藏讹庞可是封王封侯的功劳。

冷宫中的野利皇后战战兢兢地等，听说皇上被削去鼻子，血止不住，死了。还好死了。

没藏讹庞率兵冲进来，说他们母子弑君谋逆，杀无赦。

野利皇后一下明白了怎么回事，争夺权力的阴谋就是这样诡谲，当初，她说卫慕氏的孩子不像皇上，李元昊一怒之下手刃母子，现在，是时候还了。

太子宁令哥死也想不到，他父亲还有一个私生子，寄养在民间，没藏兄妹冒着灭族的危险导演这出戏，怎么可能便宜了他。

李谅祚不到一岁，没藏氏抱着他，登上皇位。

人生的最后十年，没藏氏过得任性而潇洒。她是皇太后，大夏国的无冕女王，听政都不需要垂帘，在野利家当小妾时，那段凄风苦雨的日子，还好情夫李守贵是管家，现在，两个人终于可以光明正大地双宿双飞，和先帝约会时的侍卫保吃多，人也不错，且收入帐中。

1055年，有人告发国相没藏讹庞私垦土地，甚至大宋派出使者要求给个说法。

屈野河虽土地肥沃，但是处宋夏接壤地带，一直荒置，以免引起外交争端，如今，没藏讹庞大摇大摆，径直种到大宋领土，有人来查就收手，走了，继续耕种。

西夏一直示好大宋，希望能和平共处，鼓励两国商人加强贸易往来，年底，大宋还会给一笔丰厚的岁币。

屈野河的地，他也敢种？

没藏氏准备啃下这块硬骨头，负责彻查此案的是李守贵，他失宠有段时间了，最近老被翻牌子的是保吃多。

没藏氏叫来哥哥，限定日期，要求务必归还土地。

几天后，带领大量侍从外出打猎的没藏太后，被数十骑兵半路截杀，死时大约三十岁。

没藏讹庞说，太后旧情人李守贵打翻了醋坛子，因爱生恨，痛下杀手。

李守贵被灭族。

私垦良田的事于是不了了之，一个月后，十岁的小皇帝大婚，皇后是没藏讹庞的女儿。

没藏讹庞真正成了摄政王。

谁杀了没藏氏，真的只因为旧情人吃醋？这一出多像前太子宁令哥弑父。螳螂捕蝉，黄雀在后，迷雾重重间，没藏氏绝美的容颜若隐若现……

煮字为药：

"机关算尽太聪明，反算了卿卿性命"，说的是王熙凤，也同样是没藏黑云。也许在权力的斗争中，女人永远只是筹码，哪怕享尽荣华富贵，最后仍然成为权力的牺牲品。就像很多女人，在算计他人的时候得意扬扬，仿佛一切都在掌握之中，却忘了当你算计别人的同时，别人也同样在算计你。不聪明不要紧，不狠毒也没关系，唯有内心的善良，才是我们行走世间最好的保护色。

33. 梁太后：别为了名利，迷失自己

（梁太后，西夏毅宗李谅祚的第二任皇后，原是夏毅宗第一任皇后没藏氏的嫂子。）

再过几个月，肚子一大，就瞒不住了。

1061年4月，神秘女子径直走进大夏皇宫，说，"国舅爷和儿子密谋弑君篡位，不日动手。"

国舅爷是她公公，儿子是她的丈夫。

少年天子李谅祚惊出一身冷汗，他对国舅兼老丈人不满很久了，恨不得生啖其肉，自己的心腹他说杀就杀，大臣只知国舅不知皇上。眼前这漂亮女人，是他的情妇，也是表嫂，李谅祚嘴角一丝诡异稍纵即逝，她对自己的心思，想必了如指掌。

不管怎样，必须马上动手。

皇上急召，密室中有要事相商。

没藏讹庞父子急匆匆赶来，没有一点防备，刚出家门，他的对头、被压制多年的大将漫咩便率兵包围了国相府。

父子俩被执而杀之，没藏家族活口一个不留。

被发现与皇上私通，梁氏竟安然无恙，还偷听到公公的阴谋，一路绿灯跑去告诉皇上，然后，公公和丈夫不加防范地进宫。

没藏讹庞做梦都想不到，十几岁的儿媳是这样心狠手辣，她一个汉人，能嫁入没藏家已经高攀了。

没藏皇后被废，常常号哭，又受不了奴才的虐待，几次三番寻死，5个月后，李谅祚诈命她自尽。

梁氏被立为皇后，不久，生下儿子李秉常。

本来就是偷，还指望他多认真？梁氏的婚姻生活不算幸福，李谅祚偷人成性，史书说"谅祚凶忍好淫，过酋豪大家辄乱其妇女"，他和梁氏的关系，就是当初他父母的关系，可是，小三有什么资格抱怨小四小五，梁氏拿得起放得下，只要红旗不倒，管他彩旗飘飘。

李谅祚皇上当得风生水起，《西夏书事》说他未满周岁，突遭大变故，"三将分治，势比连鸡，母族专权，形同卧虎"，李氏岌岌可危，可是，仅数年后，他便能亲政，与辽国周旋，诛母族收兵权，"遵大汉礼仪，求中华典册"，这些是其父数十年经营未能达到的高度。

1067年一月，李谅祚在一场战事中受伤，不久去世。

七岁的李秉常即位，母亲代为听政。

梁皇后变成梁太后，西夏实际掌权者，弟弟跟着从家相变成国相，才二十多岁，梁氏终于熬出头了。

可是，西夏是党项人的国家，什么时候轮到汉人指手画脚了？

梁太后下令全盘废除丈夫的汉化措施，恢复党项旧制，用实际行动表示，自己对汉人身份、中原的宋朝，没有半点情分，她生是党项的人，死是党项的死人。

梁太后拉拢到了一批人，还有很多不买账，他们在先皇的汉化过程中得到好处更多，不愿意改回去。

政策便一会儿朝东，一会儿朝西，几番折腾，西夏更穷了，大家更不满意了。

梁太后决定撕毁丈夫和宋朝签订的《宋夏和约》，挑起战争，如此，主要矛盾便从人民内部矛盾转为敌我矛盾。

李禀常十六岁了，他很讨厌母亲，防贼一样防着自己，国相是她弟弟，皇后是她侄女，重要岗位是她情夫，真是够了。

他希望像父亲一样，与宋修好，不仅提升文化素质，还能得到丰厚的赏赐。心腹出征前，忽然断了联系，后来才知道，被母亲情夫约去喝酒，喝死了。

李禀常被关押在皇陵木寨。

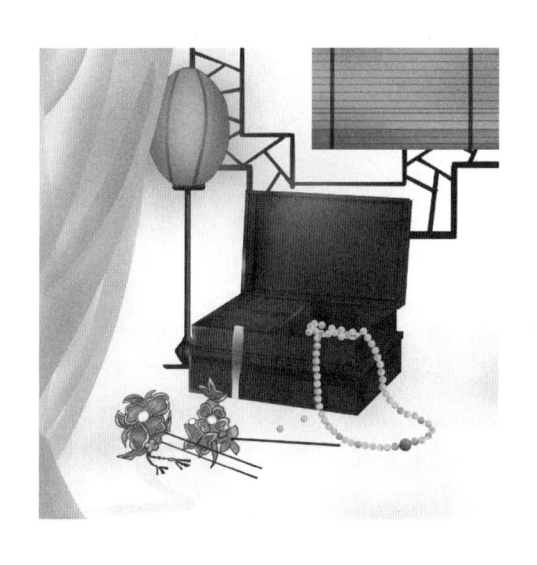

西藩势头强劲，有入侵的苗头，梁太后写信给首领，表示愿嫁女和亲。梁太后就是不按常理出牌，自古两国和亲，有请婚，有乞婚，总之，都是男方提出，女方再扭扭捏捏地答应，还没有像梁太后一样，主动要求嫁女儿，"以女请归，几同献女"。

当初，踩着前夫全家头颅，登上皇后宝座，梁氏就知道，自己要的不是亲情。

宋朝皇帝冠冕堂皇地打过来，梁氏坚壁清野，诱敌深入，抄绝饷道，聚而歼灭，永乐城一战，西夏大获全胜，宋朝损失兵将二十余万，宋神宗半夜得到消息，徘徊了一整夜。

梁太后的威望达到顶点。

可是，仔细算算，西夏老百姓其实没捞到什么好处，在自己的地盘上开战，从来都是杀敌一千，自损八百。

梁太后不敢对儿子怎么样，李秉常端坐台前，她才能幕后提线，失去这面旗帜，谁买她的账呢？

被关押两年后，李秉常复位。

这一年，梁太后的侄女兼儿媳，生了个男孩，取名李乾顺。

这么多年，才当上祖母，梁太后很疼孙子，经常带在身边亲自照顾，"躬自提抱"，冷血一辈子，到晚年，她终于有点人情味了。

1085年二月，梁太后弟弟、国相梁乙埋去世，接他位子的是儿子梁乙逋。

十月，梁太后寿终正寝，死前要求知会大宋，以示恭顺。

翻看史书，无论多复杂的一生，不过被浓缩成几句话，祸福都来得那么快，看不到真实的荣华富贵，人会清醒许多，于是思考，为什么？图什么？值得吗？就像梁太后，与妹夫通奸，杀尽前夫全家上位，身为汉人带头反汉化，在当时并不合时宜，为提升威望巩固权力，频繁挑起战争……她到底想要什么？

弟弟是国相，家人遍布重要岗位，表面看最大的受益者是娘家，可是，后来，她的儿媳，另一位梁家女人，因为不愿意放权，亲手灭了梁氏一族。

哪有那么多为什么，权力已经足够让人发狂，只是，追逐权力的过程中，也许，不知何时，连自己都迷失了。

煮字为药：

我的研究生导师是心理学领域的权威，他给我们讲过一个特别有意思的案例。

M女士是我们导师的一个病人。

导师说："她并不是真心来寻求帮助的，而是来寻求认同。她认为心理咨询师能明白她的行为，理解她的做法。"

M女士是我们当地的首富，关于她的传奇，几乎人尽皆知。在她的财富版图不断扩大的过程中，她把经营理念不一样的丈夫踢出公司、和股东打官司、打压一心想接手公司的儿子……

我们都很好奇："她为什么要一个人霸着那么大的集团，她不觉得累或者孤独吗？"

导师说："名利是精神负担,为名利所羁绊就会让人迷失方向,阻塞思维。所以，她不会觉得累或者孤独。但她的内心肯定是不幸福的，才会那么迫切地需要认同感。如果她想要重获个人幸福，就须重新找回自己的本性。"

金玉良言，与您共勉。

34. 万贞儿：不要小看那一段童年阴影

（万贞儿，后世多称"万贵妃"，明宪宗朱见深的妃嫔，荣冠后宫。）

真爱到底是什么？

一如朱见深，大明王朝总舵主，风华正茂，长得不丑，明明女人成打地扑上来，偏偏只爱宫女万贞儿。不在乎大他十七岁，不在乎她"土肥圆"，壮得像男人，不在乎她不够温柔，说话粗声粗气，不在乎她嫉妒心发作，阻止他碰别的女人，甚至风言风语她毒杀了好多未出生的孩子，他还是睁一只眼闭一只眼，假装不知道，也不想知道。

这样的真爱，有点可怕，与其说朱见深真的爱万贞儿，倒不如说，他真的害怕、真的需要。

1464年二月，十八岁的朱见深即皇帝位，第二年，改元成化。父皇病危时，把他叫到榻前，要求百日而婚。

可是……

后宫正在进行一场艰难的拉锯战，朱见深要给曾经的侍女，大他十九岁，"貌雄声巨"的万贞儿一个名分——皇后。

他对生母一向言听计从，但是，这事除外。

周太后断然拒绝。皇室选媳妇当然要掐尖儿，这样的女人八抬大轿去娶太不体面了。而且，皇后人选，先帝在位时已经定好，他前脚刚走，就要换人，恐怕会遭人非议。

朱见深对美女没兴趣，如果你认识从前的他，就一定会原谅现在的他。

十五年前，瓦剌南犯，明英宗执意亲征。太平皇帝当久了，便想去沙场上证明自己，结果被掳走做了人质。瓦剌以此威胁要钱要地，如不从，就撕票。

虽说家大业大，多少赎金都付得起，但是，大明皇帝不等于大明王朝。大明不愁没有皇帝，这个没了，还有别人。

明英宗被抛弃，百官拥立他唯一的弟弟朱祁钰登基，意思很明显：我大明有新主子了，至于那人，要杀要剐随便。

皇帝就这样换成别人儿子，孙太后无奈又不甘心。于是，在朱祁钰登基前，作为政治交换，她的孙子，英宗长子，两岁的朱见深，匆忙被立为太子。

得有多尴尬，多不受欢迎啊，朱见深这个太子，皇上是他叔父，而且，叔父有儿子。

他成了一颗钉子，戳在叔父眼中，时刻提醒朱祁钰，他只是代理皇帝，有朝一日，都要还回去。

平心而论，朱祁钰是好皇帝，他拒绝将都城迁至南京；组织北京保卫战，完胜瓦剌；整肃官场，重用于谦，终其一朝都风清气正。

但是，好皇帝朱祁钰容不下侄子，做得愈好愈容不下。

更不爽的是，皇位刚坐稳，那人竟然毫发无损地回来了。

瓦剌留英宗在手，什么都得不到，还得好吃好喝地供着，不如送还，于是，退走大漠的也先派人求和，愿无条件放回英宗。

"朕本不欲登大位，当时见推，实出卿等！"朱祁钰本来是不愿意当皇帝的。

"今皇位已定，无有其他。"兵部尚书于谦说，即使他回来，皇位也还是您的，而且，万一瓦剌使诈，咱们也有说辞。

被羁押一年后，英宗回国，欢迎仪式被削减得很惨淡，"帝迎于东安门，驾入南宫，文武百官行朝见礼"。

然后，铁索重重落下，灌上铅，从此被软禁。为防止有人暗中与太上皇搭上，南宫周遭高树被砍得一棵不剩。

三岁的朱见深还没来得及仔细端详父亲，又匆匆离别。

一天天，小屁孩孤独地长大，他如履薄冰，战战兢兢。母亲不在身边，和父亲一起被软禁在南宫，他是个忌讳，说不得，没人把他当回事儿，没人看得上他，也没人敢正眼看他。

好在，还有侍女万贞儿。

万贞儿的父亲原是县衙小吏，犯事被流放时，她才四岁，被没入掖庭，分到孙太后宫里。万贞儿聪明勤快，又同是山东老乡，孙太后用起来很得心应手，朱见深被立为太子后，孙太后便把十九岁的她派去照料孙子。

漫长的惊惶岁月里，朱见深能触碰到的唯一温度，大概就是她了。

朱祁钰一直在找机会废掉侄子，他先试探大臣："七月二日，是东宫太子的生日。"事实上，朱见深的生日是十一月二日。

这父子俩，成了朱祁钰一块心病，他多希望一觉醒来，二人能灰飞烟灭……

两年后，朱见深被废，朱祁钰立长子朱见济为太子。

过了一年半，朱见济夭折，他是独子。

"太子薨逝，足知天命所在。"御史钟同说，还得立原来那位啊。

钟同被杖死。

朱祁钰的眼神愈发灼灼，虽然常有人提起，他都拒绝，自己尚年轻，迟早能生出儿子。

直到1457年正月，朱祁钰病重，十六日，宫里传来消息：皇上明日上朝。

次日四更天，百官正在午门外等候，忽然钟鼓齐鸣，宫门大开。

"太上皇帝复位！"有人高声宣布。

1457年，明英宗复辟，朱见深再次被立为太子，他的生活好像终于柳暗花明。

但是，童年已经过去了。

朱见深长成一名安静的少年，特别安静，特别成熟，说话还结结巴巴，连父亲都不喜欢他。

又过了七年，明英宗驾崩，朱见深在文华殿即位，即明宪宗。

朱见深终于君临天下，再不用看人脸色，再没有性命之忧，他的世界很大，万贞儿的使命应该结束了吧。

当年七月，朱见深大婚，新娘是顺天人吴氏。皇帝待她冷漠极了，他总是睡在万贞儿屋里，万贞儿也很张狂，完全不把皇后放眼里。

到底年轻气盛,吴皇后找个由头,揍了万贞儿一顿,身为六宫之主,她可以这么做。

很快,她的夫君下诏,吴氏"举动轻佻,礼度率略,德不称位",被废于别宫。

距她被立为皇后,不过一月。

十月,朱见深再立皇后,上元人王氏。万贞儿宠势再盛,终究上不得台面。

1466年,三十七岁的万贞儿生下皇长子,朱见深大喜,封她为贵妃,按照太子的规格祭祀山川,可没多久,孩子没了。万贞儿伤心欲绝,她没能再生出孩子。

万贞儿很痛苦,痛苦着痛苦着,心态就失衡了,把朱见深看得很紧,不让他临幸其他嫔妃,更见不得别的女人大肚子,宫人有孕,便送服堕胎药。

朱见深的后宫安静了十多年。

他一如既往黏着万贞儿,母亲不解:"彼有何美,而承恩多?"

"只有她抚摸,我才能安心睡着,非为容貌。"

一道道奏折递过来,皇上,您妃子不少,却还没有子嗣,何也?可能是专宠某人,而那人又过了生育期吧。俗话说子出多母,为江山社稷着想,您得雨露均沾啊!

"这些私事,朕自己做主。"朱见深平淡又坚决。

话虽这么说,女人那么多,他仍免不了犯犯花痴。不久,听说内藏库纪女史怀孕了。

万贵妃让按老法子来，宫女却回，不是有喜，是腹胀病。

纪女史被谪居安乐堂，1470年七月，生下一个男孩。

万贞儿让太监去溺死孩子，太监却惊道："上未有子，奈何弃之？"

又过了五年，朱见深已经二十九岁，还没有儿子，他很忧愁，望着镜中的自己，和新长出的几根白发，叹了口气："老将至而无子。"

梳头发的太监扑通跪下："死罪，万岁已有子。"

"在何处？"

"奴言即死，万岁当为皇子主。"

太监怀恩也跪下："皇子潜养西内，今已六岁。"

远远见有人满面喜气地跑来，纪宫人眼泪像断了线的珠子。这一天终于来了，她紧紧抱着儿子，去吧，看见穿黄袍、有胡须的人，便是你父皇，你一去，娘也得死了。

众人簇拥着一个男孩走来，他穿粉色小袍，长发披地，胎发还未剪。

朱见深抱着孩子，看了又看：朕的儿子，是朕的儿子，多像啊！

万贞儿气疯了，日夜怨泣："群小绐我。"小的们坏我大事。

六月，纪氏暴毙，有人说被毒杀，有人说自缢身亡。

朱祐樘那年六岁，母亲成了他一生的痛。他听闻母亲是瑶族土官的女儿，成化初年两广平叛时以俘虏身份入掖庭，贺县（今贺州市）人，应该姓纪，或者姓李。

十二年后，朱祐樘登基，派人到广西寻找母亲娘家人，凭着微薄的线索，他掘地三尺，"宁受百欺，冀获一是"，先后发现的几批亲戚，都被证明是江湖骗子，母亲家人终不能得。

纪氏死后，周太后决定亲自带孙子，万贞儿请朱祐樘去吃饭，太后说，你去了，什么都别吃。

"饱了。"

"那么喝点汤。"

"担心有毒。"

万贞儿一口老血差点喷出，这孩子才多大就这样，将来还不把她吃了！

因为朱祐樘的存在，万贞儿对子嗣也就没那么看重了，多一个和多很多个又有什么区别呢？于是，朱见深一口气又添了十几个儿子。

1485年，朱见深召集百官，讨论废太子。

几天后，泰山地震。

钦天监言之凿凿：皇上要动太子储位，触怒了天意，所以，老天来警告。

1487年，五十八岁的万贞儿殴打侍女用力过度，突发心脏病，死了。那是一个阳光很好的春日，一阵风起，揉皱满池水，光影已温热，绿荫在流转，远处，有蝉低吟浅唱……

听闻消息，朱见深沉默许久，幽幽道："万氏长去了，朕命不久矣。"

七月,大明下诏:皇四子封为兴王,皇五子封为岐王,皇六子封为益王,皇七子封为衡王,皇八子封为雍王。

八月,朱见深病重,八月十二日,驾崩,时年四十一岁。

纪女史的儿子当了皇帝,年号弘治,他被认为是明朝最符合儒家伦理的模范皇帝。

也许对后宫争宠引发的惨痛斗争有切肤之痛,朱祐樘除了皇后张氏,没有其他嫔妃,两人同起同卧,朝夕相对,是我国历史上唯一实行一夫一妻制的皇帝。

形势变了,先前那些遮遮掩掩,终于可以搬上台面了。

有人说,皇上都长老大了,头顶方圆寸把,还是一根头发都没有,许是万某人下药导致的。

还有人说,纪太后死得蹊跷,速速把参与其中的御医叫来,一问便知。

又有人附和，万氏家属得尽数抓捕，他们最了解真相。

我跟她早不来往了。内阁大学士万安赶紧划清界限，先前，四川小伙万安好不容易才和山东人万贞儿攀上同宗。

朱祐樘只是平淡地做了总结："如此，必定违背先帝遗愿，到此为止吧。"

心理学无比重视0~6岁对人的影响，认为童年几乎奠定了一生的基础。童年收获的财富可以享用一生，而童年遭受的心理创伤，长大后需要付出百倍、千倍的努力去疗愈。

对大多数人来说，也只能修修补补。更多的人根本意识不到这份伤害，于是，日复一日做出类似的反应，像一台被设置好程序的机器。

朱见深的童年惊心动魄，险象环生，被嫌弃，被憎恨，连命都保不齐哪天会戛然而止，更别提儿童心理学讲的那些，"在抚养者充满爱的关注下，自由去探索世界"云云。

下一个天亮，会发生什么，他不知道，唯一确定的就是，不管发生什么，万贞儿都在身边。

在无边的惊惶中，她是唯一能抓得住的那根稻草，依靠她，终于艰难长大的朱见深，敢不言听计从？

想到一句话，很多人选择结婚对象，往往不挑最喜欢或者最优秀的，而是选择让他们感到安全、容易驾驭那款。

毛尖在一篇文章里写道：姐姐是回家的道路。

朱见深应该感同身受吧，什么江山如画，美人如玉，世界这么危险，我害怕，姐姐，牵着我的手，带我回家，只有你在，我才能安心。

"帝每游幸，妃戎服前驱"，那个画面一定很滑稽，每每出宫，大男人朱见深端坐轿中，膀大腰圆的万贞儿穿上侍卫服装，雄赳赳气昂昂地骑着高头大马，在前方开道。

为了那点安全感，朱见深情愿放弃一片森林。

没错，万贞儿又老又丑，妒海无边，可是，她在，朱见深才觉得安全，这么多年，已经被时间证明了，和安全感相比，爱情、激情，又算什么？

哪一种童年对成长更有益？是明亮、美好、充满爱的童年，还是尝遍世态炎凉、经受苦难的童年？

事实应该是这样：童年好比人生的加油站，只有储备了足够的爱，足够的安全感，才能经得住挫折和伤害，心灵上足够满足，行为上才会独立，才愿意去看外面的风景。

如果苦难是一笔财富，那一定是因为它趟过了一颗被爱滋润过的心。

愿岁月温柔待你……

煮字为药：

许多人会说，万贞儿只是在朱见深恰好需要时才出现，是后宫中争权夺利的机会造就了她。可是，并不是所有宫女都成了万贞儿，也并不是谁都能解开一个人的童年阴影。

是足够的耐心，足够的爱心，才能将一个人从童年阴影里拯救出来，哪怕只是和你在一起的短暂时光里，这世上没什么事是我们办不到的，只要我们自己的内心足够温暖，足够善良，足够慷慨。

35. 张皇后：将来的你，会感谢现在宽厚的自己

（张皇后，明孝宗朱祐樘的皇后。帝后感情甚笃，宫中同起居。）

历史上皇帝很多，独宠一人的也不少，但是为了一棵树而放弃整片森林的，只有朱祐樘，他是唯一实行一夫一妻制的皇帝。

1487年，十八岁的朱祐樘和十七岁的张氏成婚。

没有人拦着朱祐樘，他自己愿意，天下都是他的，皇后家在朝廷也没什么势力，明朝选皇后不看重出身，模样儿标致，家教可以，就行。张氏的父亲原是乡间秀才，后进入国子监读书，还是仗着姑爷才封为昌国公，两个儿子也封了侯。

看，张皇后的一切都是身边的男人给的，可还是又骄又妒，理直气壮地摆布他，朱祐樘也乐颠颠地捧她在手心，每天，两人一起吃饭，同床共枕，俨然最平凡的夫妻。朝鲜的燕山君接见出访归来的大臣，问："皇帝视朝有早晚乎？"皇帝上朝早还是晚啊？大臣回，"早晚无节"，"昵爱皇后，视朝常晏"。有时候早，有时候晚，说不准，我听大明的人说皇上因为黏皇后，常常推迟上朝时间。

张氏在宫外其实已许了姓孙的人家，因为未婚夫生病才没成婚。朱祐樘选妃时，张家也想试试，便扭扭捏捏去说服孙家，万一中了，就成太子妃啦，不中么，再结婚不迟。

有了夫家的人，父母是不能做主的，必须得舅姑同意。孙家没有拒绝，没想到张氏竟然真的被选中，飞上枝头变了凤凰。这件事，朱祐樘自然知道，登基后，他找来孙秀才，封作中书舍人，感谢他成人之美。

张氏出身小门小户，父亲早逝，两个弟弟十岁上下便当国舅爷，仗势欺人的事做了不少，一次因为侵占民田，被仇家实名举报，朱祐樘命令去调查，张家家奴被依法处置，太监回来复命时，正赶上皇上两口子在吃饭。

张皇后听了大怒："外面大臣没规矩也就算了，你个狗奴才也敢这样？"

朱祐樘听了，连声附和："对对对，怎么能这样呢！"

等皇后走开，赶紧唤回太监："呃，呵呵，刚才不是我的真心话，你可不要瞎传啊。"

"不会瞎传，皇上放心吧。"

"大臣们听了会多心，以后谁还敢讲话？"

"绝对绝对不瞎传，皇上放心。"太监信誓旦旦，朱祐樘想想还是不放心，又赏了五十两金子，多此一举地安慰，"我和皇后，偶尔讲几句气话，都是闹着玩的，不要当真，这点钱，拿着压压惊。"

朱祐樘爱妻爱到了骨子里，太医院使接到密旨，选一女医入宫，到了才知道，皇后生了口疮。朱祐樘亲自领着女医到榻前，给皇后端茶倒水，忽然皇上快步下榻，走出好远才放声咳嗽，怕惊扰皇后，"盖将咳，恐惊后"，女医简直惊呆了。不过，不同于他父亲病态地迷恋一个女人，由着她在后宫血雨腥风，朱祐樘统治的年代被称为"弘治中兴"，三无时期——无专权、无战乱、无弊政，他被认为是明朝最符合儒家伦理的模范皇帝。所以，他是心甘情愿只守着张皇后，陪她看尽细水长流。

女人不算很有眼光很聪慧，算不得大女人，顶多有几分小聪明，还有些小家子气，可是，她也很努力地做合格的妻。后宫不许干政，她一点都不问。这些，朱祐樘看得到，所以，那些小伎俩，不那么敞亮的小心思，他温柔地呵护。

因为皇后，张家迅速崛起，花团锦簇了好些年，钻空子占便宜的事没少做，大臣有怨言，朱祐樘一边不得已告诉大臣，朕只有这门亲，再不必来说，一边让小舅子请大臣吃饭赔罪，两边都要照顾，很费心思。

山东副使杨茂元拿河口决堤一事做文章，说因为皇后才导致水阴象失职，皇后气得不行，一定要杀他，朱祐樘声势浩大地把他叫来，稍微降级，意思一下。户部主事李梦阳说张家弟弟哪哪不好，张家则咬他毁谤皇后，当斩，甚至连张皇后的母亲也进宫哭诉。于是，朱祐樘与张皇后夜游南宫，皇后弟弟陪同，酒过三巡，朱祐樘招来小舅子，意味深长地表明立场："勿使我以外戚杀谏臣。"不要让我因为你们而杀大臣。

看看前朝曹皇后，男人对她冷落一世，还拼命为他护住江山，不肯为娘家谋一点福利，这么一比，张皇后真的不算了不起，可是女人们愤愤着凭什么她好命时，难道就没有羡慕嫉妒恨？男人真是死心塌地爱她。

不管多不完美，朱祐樘都认命，他爱的就是这个人。

史书说张氏骄妒，老公是皇帝还又骄又妒，得成什么样？脑海里有个生动的画面，活泼任性的娇俏女人，和她那宽厚文雅又孤独的丈夫，这样的两口子，原本就天造地设，完整到浑然天成。

男人受过许多苦，终于登上皇位，发誓要做个好皇帝，他对自己要求很高，圣贤书上写的，大臣要求的，祖宗的遗训，这些是匡扶他成为一代明君的拐杖，也是囚禁他的条条框框。

他要约束和压抑的东西太多了，而女人，热烈、直接，像闹喳喳的小雀子，恣意绽放的野草花，不在乎别人赏的好名声，不掩饰独占男人的欲望。

而欲望，本身就是一种强烈的生命力，这种感觉，很美好，朱祐樘感觉自己被唤醒了，克制、压抑的他需要这份温暖，所以遇上张皇后，好像亚当找到丢失的肋骨，终于完整了。后宫有规矩，帝后不能住一起，皇上召幸便来，完事就回，而朱祐樘，长年在皇后宫中，一起睡，一起吃，仿若"民间夫妇"。

花好月圆的生活，张皇后过了十八年，直到三十五岁那年，朱祐樘去世。

说到平生政绩，朱祐樘只一句话："朕为祖宗守法度，不敢怠玩。"关于自己的重要日子，他没有提，而与张氏何日成婚，何日生太子，却说得不能再细。"朕蒙皇考厚恩，选张氏为皇后，成化二十三年二月十日成婚，至弘治四年九月二十四日生东宫。"

他们唯一的儿子即位，即明武宗，十六年后，明武宗驾崩，没有子嗣，张太后定下大计，迎立儿子的堂弟朱厚熜登基，即嘉靖皇帝。

风水轮流，转到别人头上了，张太后还是放不下那份骄傲。也许高高在上了那么多年，她接受不了夫死子亡的悲惨，被曾经瞧不上的妯娌怜悯，所以，格外坚硬地端着。

朱厚熜生母入宫，她只当自己是正牌太后，倒像那人捡了多大的便宜。这倒也无可厚非，毕竟那个年代，宗法大于血缘。

可是，朱厚熜不高兴，那是他的生母，就算装样子，张太后也得装。于是，朱厚熜先不承认过继给朱祐樘这位父亲，又改叫她伯母，亲妈生日，大搞排场，张太后生日，他问都不问。

没人宠了，其实她什么都不是，不知这时，老迈的张皇后是不是还引以为傲，孝宗皇帝平生无别幸，只有过她一个女人。如果当初劝他广纳嫔妃，即使自己的儿子无子而崩，家业还是老公的；如果当初不那么骄纵，好日子还是自己的。

嘉靖帝的凉薄招来非议，大臣上了许多折子，却只让他更恨张太后，"人生莫受老来贫"，老太后感受到了，可偏又咽不下这口气。

有人告张太后两个弟弟谋逆，朱厚熜抓住由头就不放手。

"皇上，没证据啊，顶多算阴谋。"

"谋逆大罪，只看谋与不谋，还看成与没成吗？"

"太后两个弟弟有怨气不假，确实没做那事，皇上这样岂不伤伯母的心？"

"天下是高皇帝的天下，你怕伤伯母心，就不怕伤高皇帝心？"

"可是，谋逆一旦定罪，要灭种的呀！"

所有的骄傲、脸面，什么都不要了，什么都不在乎了，只求能救弟弟，能保住张家。张太后穿起破烂衣裳，跪在席子上，向皇上请罪，然而并没有用。

谁说长寿是福，分明是另一种不幸，送走丈夫、儿子，回忆过去的温暖，惊醒时，却只有一阵阵的寒冷。

真是够了，儿子死后，她又苦苦熬了二十年。

回望时，当初和朱祐樘在一起的生活一幕幕从眼前掠过，那么好，那么暖，只是，才十八年。

朱祐樘笑着打趣："儿子，去，打你亲妈。"朱厚照还小，笑嘻嘻打了母亲几下。朱祐樘又指乳母："再去打她。"孩子小脸皱了皱，简直要哭了，他是乳母带的，不忍心。她大受刺激，把抢走儿子心的女人赶出宫，哪想到，孩子大哭，谁都哄不住，只好又把她叫回来。当初她为这事不开心了很久，现在看来，真幸福。

还有一次，太监王礼跟她说，广东珠池的珍珠，又大又亮，做衣裳可好看了，说得她蠢蠢欲动，便请丈夫让王礼去采珠。朱祐樘没同意，却在不久后，从宫中库房里挑选上好的珍珠给她制了件珍珠袍，一颗颗明晃晃，莹润润，美得不可方物。她那时才知道，王礼所谓的去广东采珠其实另有所图。

往事并不如烟，但永不会回来了。回忆过去，让张氏痛苦，但她止不住，因为能从中搜寻些许温暖，好熬到去见朱祐樘，只是不知，快四十年过去，他还能否认出自己。

张太后终于死了，是幸福的解脱，可以去找朱祐樘，扑在他怀里，流着泪，好好说说这些年的辛酸。

一切仿佛在昨天，可是，昨天已经非常遥远……

煮字为药：

如果朱祐樘能有亲子继位，张皇后的后半生或许会是另一种际遇。

我的学姐K，在跟前夫离婚的时候，走的就是"放爱一条生路"的路子。

前夫出轨，K学姐的父母十分震怒，誓要把他扒一层皮。在学姐的劝说下，家人消停，两人体面地分了手。

前夫对此十分感激，彼此再婚后，也是有事可以帮忙的朋友。

后来K学姐的弟弟突患重病，药石无医。一直在医院系统工作的学姐前夫鞍前马后，甚至联系了外国专家集体会诊，在他的努力下，学姐的弟弟保住了命。

事后，学姐颇为感慨："如果不是当初的大度，也许换不来弟弟今天的命。"

我听罢也不禁叹息："将来的你，一定会感谢现在宽厚的自己。"

以大度兼容，则万物兼济。

36. 李太后：对孩子的管教，应该张弛有度

（李太后，明神宗朱翊钧的生母。为人严谨，对神宗十分严厉。）

严格还是宽松，到底哪个好？

孔夫子说，中庸之道，君子之道。乾隆皇帝写了块"允执厥中"的牌子悬挂在中和殿，提醒自己不偏不倚。

早知如此，李太后还会教育儿子严格到近乎无情吗？

"太后教帝颇严，帝或不读书，即诏使长跪。"朱翊钧的功课排得很紧，有时不想读书，便被长时间罚跪。

"遇朝时，五更至帝寝所，呼曰'帝起'，敕左右掖帝坐，取水为盥面，挈之登辇以出。"每次上朝，五更天，早上三点到五点之间，太后就来了，一边喊着"皇上该起床了"，一边不由分说，指挥下人把朱翊钧从床上拖起来，洗脸，拉上车送去早朝。

总是这样，以致"内臣奉太后旨者，往往挟持太过"，某些宫人，仗着奉的太后命令，常常过分管束皇上。

严师出高徒，李太后和张居正站在同一条线上。

可是有什么不对吗？正因为严格教育，朱翊钧小小年纪便锋芒毕露，他自己也很得意，"朕五岁便能读书"。

五岁，虚岁哦，读的书可不是现在的绘本，一页上几个字，"小兔子尿床了"，朱翊钧读的是圣贤帝王书。

从一个瓦匠的女儿，到大明王朝的皇太后，能平稳走到那位置，李氏靠的就是对自己高标准、严要求。

十五岁进裕王府，当了几年丫鬟，被那人看上为他生下第三个儿子，没想到，裕王前面两个儿子相继夭折，朱翊钧成了长子，六岁被立为太子，十岁登基，她便也跟着从宫女、侧妃、贵妃，升到太后。

即便如此，她还是给父亲写信，要求他"谦谨持家"，陈皇后虽被赶到别宫居住，毕竟担着皇后之名，她便要求儿子每天除了向父母请安，还必须拜谒皇后，她是儿子名义上的嫡母。

李太后兢兢业业按照帝王的模子培养儿子，不敢差池半分，儿子还是难免露出小孩子的任性。

听说在酒宴上，皇上喝多了，让太监唱支新鲜的小曲，被拒绝后，竟然要杀人。因为没听他的话，就是违抗圣命，周围人劝了一回，于是割一缕头发意思一下。

这还得了，当皇帝的，怎么能想打想杀，由着自己的性子来，怎么办？对此决不能轻易放过。其实，太监搬出太后，打压皇上的事不少，她也知道，但是顾不上了，眼下最关键的是，皇上露出昏君的苗头了，必须给点颜色看看。

李太后叫朱翊钧跪下，传话他的师父张居正，让他代写检讨书，并上道折子弹劾，还闹出很大的动静，说这样的皇上不如废了，改立他的弟弟。

朱翊钧跪了很久，哭着保证会改，绝不再犯。

回去后，他发现，往日服侍自己的那拨人都被换了。

朱翊钧当皇帝的最初十年，形势一片大好，万历新政轰轰烈烈展开，考成法施行，政治面貌焕然一新；一条鞭法推广，清理出良田一百四十万顷，史称万历中兴。

史书还说，"后之力居多"，李太后功劳居多，因为她"委任张居正"，把国家放手交给张居正打理。

万历六年，朱翊钧大婚，按照规矩，李太后得退居幕后了。回慈宁宫之前，她把儿子托付给张居正，希望他"朝夕纳诲"，不负先帝临终托付。

可渐渐地，李太后觉得儿子有点不像话了，尤其是对他亲爱的师父，一手打造"万历中兴"局面的张居正太残忍了。

1582年，张居正病逝，朱翊钧辍朝一天，谥号文忠，赠上柱国，赏银五百，好像没什么不一样，但是，张居正推荐的一名大官，却莫名被撤了。

两年后，朱翊钧批示，张居正"专权乱政，忘恩负义"。

李太后没什么反应，儿子这样做固然无情，更让人胆寒的却是压抑许久终于爆发的愤怒。儿大不由娘，而且，太祖皇帝不允许女人干政，将其明明白白写进祖训里的。

万历中兴的十年，也是她和张居正密切合作的十年，一个是年轻美丽的太后，一个是帅气能干的大臣，都说两人有一段情，野史里，他们连孩子都有了。

不过，那么严谨克制的一个人，李太后想来不会留什么把柄，就算心动，也深埋在心底。张居正身体不好，连病假都请不到，要求他继续在岗。李太后更爱的还是儿子和锦绣江山，她始终记得自己是朱家的媳妇。

比如眼下，张府被抄家，饿死十多口，李太后没有表态，她不合适表态。张居正啊张居正，哪个庙里没有屈死鬼呢？

曾经无比勤快的儿子已经很多年不上朝了，他有长子，但是想立心爱的三儿子为太子，大臣不同意，他便不再上朝。

拖了十五年，皇上未能如愿，李太后也不同意，朱翊钧只好立长子为太子，三儿子为福王，但是却留他在身边，不让去封国，先说福王府没建好，后来又要给他良田四万顷，是其他亲王的两倍。福王结婚，花销超出规定十倍，太子也没那么大的排场。

朱翊钧三十多年没上朝，虽说仍然管事，大权未曾旁落，但是三十多年不见大臣，实属惊奇，很多人压根不知道皇上长什么样，宫里值班没事做，数太阳影子打发时间。皇上委顿于上，大臣纷争于下，党派林立，东林党、浙党、宣党、昆党争斗愈发激烈。

后世有人说，明朝之亡，亡于朱翊钧。李太后估计想不到，她严格按照圣贤君的模子，精心培养的儿子，会得来这样的坏名声。

《红楼梦》里，元春长姐如母，让家人千万好生教育宝玉，"不严不能成器，过严恐生不虞"，这就是中国文化的博大精深了。

煮字为药：

要如何做，才是真正为一个人好？女人心思，细如蛛丝，总能网住所有的疏漏，却阻隔了一切欢乐和自由。我之蜜糖，彼之砒霜，以为是为对方好，却终是过犹不及，伤害了对方，反噬着自己。

女人的度，决定着自己的人生格局。这样那样的严格，终究是因为不够信任，不信任对方，也不信任自己，不能让彼此放松的关系，终究不可能安稳与长久。

37. 郑贵妃：如果你能让他感到不孤独

（郑贵妃，明神宗朱翊钧的贵妃，是万历皇帝最宠爱的妃子。）

"皇上要选妃啦！"

京城及其周边的百姓一听，赶紧娶的娶，嫁的嫁，虽说女儿入宫，有可能被皇上看中，从此飞上高枝，但毕竟希望太渺茫，更多的还是宫花寂寞红，从此生死两茫茫。

女孩哭着掩上房门，娘家和准夫家正闹得不可开交，夫家没有聘礼想强娶，父母死活不同意，太监路过，他负责选妃，看到女孩腮上挂着泪，美得很有味道，于是将其带入宫。

论容貌，郑氏应该不够惊艳，入宫头几年，淹没在一堆小宫女里寂寞无聊数日子，春天的花开秋天的风，以及冬天的落阳，也许一辈子就这样了，而她的猎物，少年天子则在万人仰望中继续孤独着。

朱翊钧已经十八岁了，长得丰神俊朗，讲话气沉丹田，一代明君正在冉冉升起。

母亲管得很严，每天五更过来，喊着"皇上该起床了"，不由分说指挥下人给他穿衣洗脸，然后，上朝、读书、写字，中午稍微休息一会，继续读书、写字。经史子集，只要是教他如何做皇帝的圣贤书，通通要读，晚上，母亲还要他复述，因为她想知道，儿子究竟学得怎样。

朱翊钧的生活就是这样枯燥，日复一日，还不可以委屈，露出一点不耐烦，后果会很严重。

母亲和师父相信"严师出高徒"，何况天子，更要严格百倍、千倍，想偷懒、喜欢玩乐的孩子心思，通通要扼杀在萌芽状态，所以，小皇帝兴冲冲等来的元宵节，张居正可以不问一声，就取消花灯展，只因玩物丧志。

其实他还只是个孩子，正在长大，难免抱怨，想要嬉戏，有时不成熟，可是，太后和师父绝不要看到任何不良苗头。他们要他苦读圣贤书，隔绝游乐，多快好省地大踏步成为一代明君。

他们只要他成为好皇帝，至于，作为一个活生生的人，朱翊钧还需要慈爱的母亲，一起玩的小伙伴，那些精神需求，孤独与苦闷，都不重要。

直到遇见郑氏，朱翊钧才忽然发现生活动人的另一面。

电视剧里常有这样的桥段，皇上在后花园溜达，遇见小宫女，小宫女不认识他，毫无顾忌地谈天说地，甚至犯上，嫌他蠢笨，"什么，蛐蛐你都不认识？"

皇上就这样爱上了她。

其实，不过说明那个被山呼万岁万万岁的人有多孤独。

朱翊钧跟郑氏就是这样开始的吧，情不知所起，一往而深。

不到三年，郑氏一路升迁，淑嫔，德妃，贵妃，1586年，生下皇子朱常洵，皇上又要升她为皇贵妃，马上！

朱翊钧觉得，这才是他的儿子，是他和郑贵妃的爱情结晶，而都说是他长子的那个朱常洛，不过是一时冲动的产物。

王氏还有四个月生产，才勉强被封了恭妃，如果不是太后拿出《内起居注》，上面写得明明白白，皇上只怕还是能赖就赖。

朱翊钧两口子来到大高元殿，郑贵妃说这里很灵，她曾在这里祈求老天赐个男孩，果然应验了，不如在这神圣的地方再立一次誓，有朝一日必立她的儿子为太子。

朱翊钧答应了，虽然很困难，他仍想为这对母子争取一下，口说无凭，立字为证，朱翊钧写下誓言，藏在盒中，交给郑氏。从后来的表现看，这份誓言对他的约束力其实很有限，遵不遵守只在一念之间，之所以费尽心思那么多年，只因为他愿意。

奏章像雪片一样飞来。

皇上，该立太子了。

常洛还小，过几年再说。朱翊钧没办法直说，立常洵怎么样？

英宗两岁，孝宗六岁，就被立为储君，您也是六岁立的呀，殿下已经六岁，不小了。

……

再说，殿下生母一直未加封，郑氏却刚生皇子就晋为皇贵妃，子以母贵，难怪外廷会多想。

大胆，郑氏伺候朕很用心，所以特加殊宠。

罢官、流放、打板子，大臣仍然前仆后继，来势汹汹，在这件事上，他们立场惊人一致，绝不要被妖妇牵着鼻子走。

吵得筋疲力尽，还是没有结果，烦不胜烦，朱翊钧竟然不上朝了。后来三十年间，他不再接见大臣，虽说仍然管事，大权未曾旁落，但不郊、不庙、不朝、不见，实乃闻所未闻。想想劳模崇祯皇帝，三更眠五更起，动不动几天没觉睡，吃块肉都觉得内疚，仍然被迫面对亡国的结局，何等悲惨又悲壮。

辩解时，朱翊钧不小心说出"立储自有长幼"，大臣于是紧抓不放。

好了好了，万历二十年一定立太子，朕要静摄，这几年别打扰。

不小心有人又上了道折子。

不是说好不提的吗，打。

承诺的日期要到了，朱翊钧忽然说打算三个皇子同时封王，择其贤者而立。

耍这么多花枪，不就是想立妖妇之子吗？再说了，贤与不贤怎么评估，谁说了算？

大臣以集体请辞相威胁，要求立长子朱常洛为太子。

朱翊钧回：明年，一定立。

说好的日期逼近，皇上忽然又说，想再等等，也许皇后能生出孩子，有嫡立嫡嘛！

骗谁啊，皇后入宫这么多年，连影子都没有，偏这几年能生？

又一年又三年，十几年过去了。

朱常洛十八岁，男大当婚，大臣们不愿再等，强烈要求必须先封为太子，然后大婚。

郑贵妃含着泪水，拿出写有誓言的锦盒，打开，什么都没了，虫子早蠹掉了。

天意啊，朱翊钧失魂落魄。

1601年十月，长子朱常洛被立为皇太子，三子朱常洵被封为福王，争吵十五年，逼退四位内阁首辅，十多位"部级"官员，一百多人被罢官流放，国本之争终于有了结果。

可是，朱常洵没有去上任，还赖在京城，郑贵妃整理好心情，又开始了新一轮的战斗。

坊间流传一本书，《闺范图说》，由郑贵妃亲自作序，并免费发放，第一篇《明德马皇后的故事》讲述了东汉马氏由宫女成为一代贤后的故事。

不久，坊间说，郑贵妃编书是在舆论造势，说明宫女也可以当皇后，太子虽立，但有朝一日必定被废，接替他的就是郑贵妃之子，福王朱常洵，不信走着瞧！

朱翊钧一下子被踩了尾巴。

找了个替罪羊，火速进行了处理。

福王在一日，太子位置就不安稳，大臣们使劲督促朱常洵去封地洛阳。

郑贵妃见硬抢太子宝座没可能，只好想等王皇后死了，自己能正位中宫，儿子成为嫡子。可那女人偏不死，真让人绝望。

又过了十三年，太后已经很老很老了，她知道自己将归于虚无，便叫来郑贵妃，问，福王为什么还没去封地？

太后明年七十大寿，福王留下给您祝寿。

我儿子都不可以，都老老实实守着祖宗规矩，你儿子焉能例外？

福王终于去洛阳了。

出发那天，春寒料峭，感觉不到春天要来，看着老儿子钻进轿内，他的两鬓已有白发，朱翊钧泪流满面。

不久，宫里发生一件骇人听闻的大事，一个陌生男人忽然闯到太子居住的慈庆宫门口，见人就打，被制服后，疯疯癫癫，讲话不着调："我的柴草被烧了，打算来告御状，不知怎么就到那里，还打伤了人。"

分饭时，刑部的王之采总觉得这个叫张差的人，绝不只是疯癫狂徒，一番突审，竟然供出幕后主谋是太监庞保、刘成，他们可是郑贵妃的心腹太监，郑氏肯定知道，估计皇上都脱不了干系。

公然加害太子，情节恶劣，令人发指，舆论压力很大，郑贵妃哭哭啼啼，朱翊钧于是出主意："你还是直接去求太子吧。"

郑贵妃能屈能伸，向太子拜了一拜，太子受宠若惊，竟不自觉地也屈膝，痛快表示原谅。

朱翊钧召集大臣开会，拉着朱常洛的手说："我儿极孝，我极爱惜他。"我们父子好着呢，"尔等谁无父子，乃欲离间我父子耶？"你们为什么要来离间我们父子，狂徒闯入东宫伤人是例外，与我有什么关系，与贵妃有什么关系？

又看向太子，万般慈爱，你生下时才六尺，现在已经是堂堂男子汉，你想啊，父皇要是想害你，为什么不在那时候动手，要等现在？

太子马上表示，都是例外，杀掉狂徒就是了。

心腹是背后主谋，说郑贵妃不知道，骗谁呢？她可真是百折不挠。

无论当时还是现在，郑贵妃都是妖妇，妲己、褒姒之流。

六年后，朱翊钧驾崩，遗诏册封郑氏为皇后，与他合葬定陵。

大臣怎么可能同意？随便找个借口就将其打发了。皇上都走了，册封典礼谁来主持呀？既然不是皇后，就更没有理由合葬了。

生命的最后十年，郑太妃枯坐在深宫某处回忆往昔，据说她还做了些祸国殃民的事，但是细细看来，多半属于欲加其罪何患无辞。

有一阵，朱翊钧被大臣群攻，说皇上沉溺女色，他奋力辩解，你们当臣子的，小妾还左一个右一个地收，朕却只爱郑贵妃一人……

他富有天下，她一无所有，二十岁遇见，你可以说他贪恋她的容颜，可是，三十岁，四十岁，五十岁，还是好得跟新婚小夫妻一样，不是爱情，那是什么？

妖女是怎样拿下皇上的，后宫的女人也许琢磨得很辛苦。

其实很简单，她跟你们不一样，为什么因为皇上有钱有权，你就不敢靠近，为什么你那么用力地奉承，却从不打开心扉？

朱翊钧高高在上，人人对他毕恭毕敬，尊敬却有距离，距离就意味着孤独。郑贵妃偏不，她大庭广众之下抱住他，笑嘻嘻摸他脑袋，一点障碍也没有，一点距离也没有，亲密是孤独的解药，朱翊钧终于可以不孤独了。

煮字为药：

世人都怕孤独，尤其是男人。

从心理学上来说，男人是十分害怕孤独和寂寞的动物，比女人更甚。

他们的孤独感是与生俱来的，无法彻底消除，但能抚慰。

妖女郑贵妃的亲昵、无惧，正是抚慰朱翊钧的良药，所以他爱了她一辈子。

如果你也能让自己心仪的男人不再孤独，你就能得到他的全部。

38. 刘太后：每个孩子，都曾无条件地爱过父母

（刘太后，明光宗朱常洛妃嫔，明思宗朱由检生母，在朱常洛还是太子时去世。）

朱由检五岁时，母亲刘宫女忽然死了，原因不明，父亲朱常洛警告众人不许走漏风声。

朱常洛好不容易才当上太子，他是神宗皇帝不想承认的长子，老皇帝煞费苦心想抹去他，立心爱的三儿子为太子，争了十几年，才不得已作罢。如果自己的妾室无故死去这个黑料落到他手里，老皇帝肯定求之不得，大做文章，趁机废掉他。

关于刘宫女的死，史书说，"失光宗意，被谴，薨。"
惹朱常洛生气，被斥责，于是死了。
野史说，不知什么原因，朱常洛歇斯底里地暴怒，然后逼刘宫女自杀。也有说法，下令将她杖杀。
生母无宠，被嫌弃，被冷落，心惊胆战长大的朱常洛，其实，也不怎么懂得爱别人。

父亲在世，没人敢提刘宫女，朱由检也识趣地从不打听，后来，哥哥当了皇帝，他被封为信王，也只能问身边人："西山有申懿王的坟吗？"

"有。"

"旁边是刘娘娘的坟吗？"

"是。"

然后，他偷偷给钱，让侍从拿去烧给生母。

直到十七岁，他的哥哥无子而崩，张皇后决定迎信王入宫，朱由检成了明朝第十六位皇帝。

当初，母亲以宫女的身份被草草埋葬，朱由检将她迁出，追封孝纯太后，与父亲合葬庆陵。

母亲死时，他还小，长什么样，年代太久，已经记不得了，朱由检很想母亲。有个傅懿妃，当年和母亲是邻居，她说，那个谁，眉眼像刘太后，那个谁，鼻子像，那个谁，嘴巴像……

朱由检于是找来画师，请外祖母坐镇指挥，东拼西凑了母亲的画像，迎入宫那天，在紫禁城做了隆重的法事，画像从正阳门进，朱由检跪迎于午门。挂在宫里，找来老宫女，有人说像，有人说不像，似是而非，其实不过提醒了他，母亲死了，连张画像也没留下，而自己永远永远也不可能知道她真实的模样。

朱由检泪如雨下。

母亲成了他心中神圣的存在，朱由检接手的大明王朝已经日薄西山，灾害连年，民变迭起。李自成、张献忠率领农民起义军攻下一城又一城，连凤阳皇陵都被扒了。

朱由检决定只吃素惩罚自己，本来他就很辛苦，二十来岁已经头发花白，如此更憔悴了。为了劝他加强营养，有人搬出他的母亲："昨晚梦见刘太后了，她让转告你，不要太苦了自己。"

朱由检坐下，端起碗，泪水大颗大颗滚落，逼自己下咽。

我从哪里来，注定是人类永恒的命题，许多父母觉得自己爱孩子有多伟大，多了不起似的，其实，孩子一样爱你们，无条件地，无可救药。

一个八岁男孩，给他坐牢的父亲写信：爸爸，你辛苦了，我知道你都是为了让我过上好日子，才受那些罪。

字迹歪歪扭扭，还夹着拼音，他心中的父亲形象这样高大，和世人眼中的入室惯偷简直不是同一个人。这些年靠偷，父亲没攒下几个钱，更不要说给孩子寄多少了。为了你能过上好日子，他才去偷？孩子，你理由找得好辛苦。

男孩是留守儿童，没见过母亲，父母打工时认识，原本没领证，又吵闹不停，生下男孩后，扔给老家的爷爷奶奶，两人便一拍两散，对孩子不闻不问，如果法律管精神虐待，这样的情形应该可以入刑了。

男孩还写，"我有一个梦想，妈妈、爸爸、奶奶、爷爷，在我身后，站成一排。"

这是一个孤独男孩的精神追求，或者说，精神意淫，假装不知道现实的家已经破裂，努力整合一个完整的家，以想象的方式，希望有一天，妈妈、爸爸、奶奶、爷爷，在他身后，站成一排。

煮字为药：

每个孩子，都曾无条件地爱过父母，不是因为父母有多爱他，也不是因为他们做得有多好，只是因为，那是他的父母。

所以，在"爱"这一点上，孩子不欠父母。

我身边很多辣妈，对孩子的态度也很"辣"，动辄吼叫怒骂。

请放平心态，谦恭地学习如何为人父母吧。别觉得你很爱孩子，为他/她付出了很多，孩子对你的爱只比你多。

在亲子关系中，爱与不爱不是问题，问题是如何爱。

39. 周皇后：珍惜现在，珍惜时光

（周皇后，明思宗朱由检的皇后。甲申之变时自缢而死。）

周皇后和朱由检是模范夫妻。

朱由检还是信王时，到了大婚年纪，因为没有亲娘，长嫂如母，懿安皇后从一群如花少女里为他选了周氏为妻。和丈夫比，她就是灰姑娘。她家境贫寒，不得已从苏州到京城谋生，父亲摆摊算命，兼卖草药，周氏便跟着算算账，打理家务，做梦都想不到会和皇室扯上关系。

其实在那年代，也不算匪夷所思，朱元璋为了防止外戚做大，给子孙定下娶媳妇的规矩：平民人家的女孩儿，模样标致，素质过硬，都可以报名海选，从中择优录取。

至于其他，用《红楼梦》中贾母的话说："不过给几两银子就完的事儿。"

美丽的姑娘从此进了豪门，更幸运的是，男人温柔体贴，敬她爱她，真是人生大赢家。就这样过一生吧，现世安稳，岁月静好。

朱由检也是苦孩子，五岁那年，身为太子的父亲暴怒之下，处死生母，然后，他就辗转于各个抚养者之间。父亲担心老皇上知道，趁机废了他的太子之位，警告不许走漏一丝风声，所以，他很小就知道，母亲只能偷偷想念，提都不要提。

一年后，哥哥在外游玩时落水。他们兄弟情深，哥哥即位时，朱由检还小，天真地问，皇上是什么官，我能做吗？哥哥并不介意，笑道，我做几年，便让你来做。"弟弟，你怎么那么瘦，保重身体。"真到了那一天，哥哥虚弱地望向他："来，吾弟当为尧舜。"皇上给你做了。朱由检跪下，泪流满面："臣死罪，愿以身代之。"

大明王朝第十六任皇位传给朱由检，周氏便入宫成了皇后。

朱由检很重视家庭生活，那些平凡夫妻的乐趣，他很珍惜，何况周氏很美丽。史书说，"皇后颜如玉，不事涂泽"，不需要涂脂抹粉，仍然光洁白皙。她很能干，洗衣做饭，纺纱织布，样样都会，入宫后，自掏腰包买了二十四辆纺车，教宫女织布。她还很贤惠，朱由检提倡节俭，她便跟着吃素、穿布衣，带头削减后宫花费，当了十七年皇后，后宫才演过两次戏，宫人都觉得新鲜跑去看。

两人陆陆续续生了三男三女，长子被立为太子。

他们的感情还是那么好，太监送水果时看到皇后对镜梳妆，皇上站在身后轻轻摩挲她的秀发。

还有一次，皇上翻了袁贵妃的牌子，第二天，皇后问，昨晚在哪儿睡的呀。皇上老半天蹦出一个字："袁。"

又有一次，皇后教小太监识字，教时全会，完了全忘，皇后于是罚跪，皇上笑眯眯走过来，作了个揖，说："我请求先生，饶他一回,如何?"

皇后扑哧就笑了:"你呀,坏了规矩。"

两口子的生活当然会有摩擦,何况男人三妻四妾,后宫的生活难免伤脑筋,恩威并施才拿得住人。

田贵妃恃宠而骄,春节来拜见皇后,被晾了很久,就要这样敲打敲打她。

田贵妃对着男人哭哭啼啼,朱由检找到皇后,一言不合,竟然动了手,她很难堪地倒地,伤心得不想吃饭,朱由检赶紧来嘘寒问暖,还让田贵妃闭门思过,三个月不召见。

虽然处理了田贵妃,可是,周皇后知道,皇上给了台阶就赶紧下吧,别太拿腔捏调,而且,他那么忙,应该为他解忧愁。

花开得正好，叫田贵妃来，一起赏花吧。朱由检没吭声，皇后已经连声让人去接了，大家都开开心心的，其他不必再提。

朱由检悲苦的皇帝生涯里，这大概是仅有的一抹亮色，连那些不愉快，想来都是温馨的。

朱由检统治下的明王朝矛盾重重，灾害连年，大旱、水涝、蝗灾……粮食歉收，百姓吃不上饭，或饿死，或逃难，瘟疫爆发，四处蔓延，路边到处是无名死尸，甚至，京城人口少了四成！

活不下去了，造大明王朝反的人越来越多，高迎祥、王自用、李自成、张献忠……

朱由检的日子简直是煎熬，虽然他十几年如一日地鸡鸣即起，夜深才睡，二十来岁便长出白发，困得往椅子上一坐就能睡着，形势还是急剧恶化。

崇祯八年，李自成攻下凤阳，掘了他的祖坟，朱由检穿上丧服，跑到太庙，放声大哭。

满族的皇太极来势汹汹，北京成了危城，有人建议迁都南京，收拾收拾从头再来。

不就是逃吗？虽然耻辱，也不是没有先例，赵构迁都临安，建立南宋，可是，朱由检宁愿死，也不想那样。

周皇后知道那些争论，心里酝酿了千百遍，还是说不出口，太祖皇帝编了本《女诫》，明确后宫不许干政。

急得狠了，她说："吾南中尚有一家居。"我们南方还有一个家呢。朱由检再问，便什么都不说。她虽是苏州人，但是家里很穷，南方哪还有什么家。不过暗示丈夫，南迁吧，再建一个家，这是周皇后唯一一次干预政事，还这么委婉。

1644年三月十八日，黄昏，站在紫禁城，可以看到不远处的烽火。李自成猛攻多日，北京沦陷了。朱由检拖着脚，走进后宫，看向她："大势去矣。"

"妾事陛下十有八年，卒不听一语，至有今日。"周皇后抱着几个孩子大哭，从此，他们连过街老鼠都不如，在新的时代，前朝皇子皇孙，想找条活路，得有多难！

"你为天下母，当死。"

"与陛下同死社稷，没什么遗憾。"

周皇后走进内室，宫女跟进去，看着皇后高高吊着，许久没了气息，出来奏道："皇后领旨。"

次日，第一缕晨曦刚到，朱由检鸣钟召集百官，没有人来。

然后，他走到一处荒僻的地方，吊死在一棵歪脖树上，左脚光着，右脚穿红鞋，蓝色袍子上写下血书："朕死无面目见祖宗，自去冠冕，以发覆面。任贼分裂，无伤百姓一人。"

后人称赞大明王朝"无汉之外戚、唐之藩镇、宋之岁币，天子守国门，君主死社稷"。

君主死社稷，有什么好说的，可是，那么多朝代更替，有几个君主主动赴死？

周皇后想必早就知道，她的丈夫她了解，保住江山，或者，壮烈死去，没有其他选择。

同时代的王秀楚经历扬州城破，看到"妇女长索系颈，累累如贯珠""满地皆婴儿"的惨状后，写下可怕的《扬州十日记》，末尾，他辛酸地感慨："后之人幸生太平之世，享无事之乐。"

后世的幸运人儿，你们生在太平之世，才得以享无事之乐。周皇后一定深以为然，多希望一切是场噩梦，噩梦醒来是清晨，她和朱由检手中还握着长长、长长的一段光阴。

现代人却总是吵吵闹闹不耐烦，跟活腻了似的，以为一辈子会长得没完没了，以为平静的陪伴都是理所应当，所以常常忘了，卿卿我我是奢侈的人间游戏。两个人在一起的时光，应该好好珍惜，别等离别以前，未知相对，才发现当日那么好。

煮字为药：
这最后一个故事本没有什么好讲，但我还是想写出来。
看完周皇后的一生，是否觉得我们都很幸福？
她不坏无错，却落得如斯下场，没了丈夫、失去孩子、悲恸自缢……她是那个时代的悲剧，是历史更替的使然，也是古代女子的无奈。
生在今日，我们安居乐业，或有一些苦恼，也都不至于无助到绝望，对比她或者她们，我们是幸福的。
人生天地之间，若白驹过隙，忽然而已。
现在开始，学会爱惜自己，珍惜拥有。
以她们的人生为鉴，活得快乐而丰盛。

心有沉香，不畏寒霜。